suhrkamp ta

Dieser 1961 entstandene Roman des irischen Satirikers ist ein formal zahmes, inhaltlich beglückend unverschämtes Buch. Es berichtet über das original-irische, harte, von Whiskey und religiösen Streitgesprächen, schlechtem Essen, sozialem Gewissen, verstiegenen Ideen und ingeniösen Erwerbsarten gekennzeichnete Leben dreier Iren. Zwei verwaiste Neffen wohnen bei ihrem alten Onkel in Dublin: der brave Klosterschüler und Erzähler und der nur wenig ältere, mit Fernkursen in den seltensten Wissenschaften und Künsten finanziell erfolgreiche Geschäftsmann. Der Onkel verbringt seine Tage »im Sessel hingegossen«, in vom Whiskey unterstützter religiöser Wechselrede mit einem Jesuitenpater. Sinn und vergebliches Ziel seines Lebens ist die Einrichtung einer dem weiblichem Geschlecht zugedachten sozialen Einrichtung, die das Schamgefühl des Autors nie mit Namen nennt. Da die weltlichen Instanzen versagen, trägt der Onkel sein Anliegen schließlich in Rom in Privataudienz Papst Pius X. vor. Es wäre allzu wenig, wollte man sagen, daß der Papst hierüber erstaunt ist.

Flann O'Brien (eigentlich Brian O'Nolan) wurde 1911 in Straban, Grafschaft Tyrone, geboren. In Dublin studierte er Gälisch, Deutsch und Philosophie. Er war erst im Regierungsdienst, lehrte dann am University College und schrieb seit 1940 unter dem Pseudonym Myles na Gopaleen für die *Irish Times* satirische Beiträge in gälischer Sprache. Weitere Romane im suhrkamp taschenbuch: *Irischer Lebenslauf. Eine arge Geschichte vom harten Leben* (st 986), *Der dritte Polizist* (st 1810), *Aus Dalkeys Archiven* (st 2143).

Flann O'Brien
Das harte Leben

Roman

Aus dem Irischen übertragen
von Annemarie Böll
und Heinrich Böll

Suhrkamp

Titel der Originalausgabe: *The Hard Life*
Alle Personen in diesem Buch sind wirklich,
keine ist erfunden, auch nicht teilweise.
Umschlagfoto: Klaus Bossemeyer

suhrkamp taschenbuch 2196
Erste Auflage 1993

Druck: Nomos Verlagsgesellschaft, Baden-Baden
Printed in Germany
Umschlag nach Entwürfen von
Willy Fleckhaus und Rolf Staudt

1 2 3 4 5 6 – 98 97 96 95 94 93

Das harte Leben

Ich widme diese Misterpiece
in Verehrung GRAHAM GREENE,
dessen eigene Ausdrucksformen
der Düsterkeit ich bewundere.

Tout le trouble du monde vient de ce qu'on ne sait pas rester seul dans sa chambre. PASCAL

I

Es stimmt nicht, daß ich meine Mutter nur halb kannte. Ich kannte nur eine Hälfte von ihr: die untere Hälfte – ihren Schoß, die Beine, die Füße, ihre Hände und Handgelenke, wenn sie sich vorbeugte. Nur sehr fern erinnere ich mich an ihre Stimme. Damals war ich natürlich noch sehr klein. Eines Tages schien sie dann gar nicht mehr da zu sein. Soviel ich wußte, war sie ohne ein Wort weggegangen, ohne ein »Auf Wiedersehn« oder »Gute Nacht«. Etwas später fragte ich meinen Bruder, der fünf Jahre älter war als ich, wo die Mama sei.

– Sie ist in ein besseres Land gegangen, sagte er.

– Kommt sie zurück?

– Ich glaube nicht.

– Meinst du, wir werden sie nie wiedersehen?

– Oh, doch. Sie ist jetzt bei dem Alten.

Damals fand ich all das sehr unbestimmt und unbefriedigend. Ich hatte meinen Vater noch nie gesehen – aber später zeigte man mir eine verblaßte braune Photographie, und ich betrachtete sie genau – eine strenge, aufrechte Gestalt mit einem großen Schnurrbart. Die Gestalt trug eine Uniform und eine große Schirmmütze. Ich konnte nie herauskriegen, was das für eine Uniform war. Er hätte ein Feldmarschall oder ein Admiral sein können oder auch nur ein einfacher Feuerwehrleutnant – vielleicht war er auch ein Briefträger.

Meine Erinnerung an das, was, unmittelbar nachdem

die Mama weggegangen war, geschah, ist ein wenig verworren, aber ich weiß noch, daß eine Bohnenstange von einem Mädel mit strähnigem, langem blonden Haar sich um mich und meinen Bruder kümmerte. Sie sprach nicht viel und schien immer schlecht gelaunt. Für uns war sie Miss Annie. Wenigstens befahl sie uns, sie so zu nennen. Sie verbrachte viel Zeit mit Waschen und Kochen – ihre Spezialitäten waren Kartoffelpuffer mit Kohl, und dauernd gab es Bouletten, die mit einem klebrigen Fett bedeckt waren. Ich haßte diese Dinger bald.

Eines Abends, als wir im Bett lagen, sagte mein Bruder: Wenn wir jemals ins Gefängnis kommen, dann sind wir schon dran gewöhnt, bevor wir drin sind. Hast du schon irgendwo so ein Essen gesehen, wie wir es bekommen? Diese Annie ist bestimmt nicht ganz richtig im Kopf.

– Wenn du die Bouletten meinst, sagte ich – die sind schon in Ordnung – wenn wir nur nicht so viele davon bekämen und so oft.

– Ich weiß bestimmt, daß sie sehr schlecht für uns sind.

– Ja, das Fett ist so dickflüssig.

Bei unserer Mama gab's ganz selbstverständlich einmal in der Woche ein Stück Schinken im Kohl. Weißt du noch?

– Nein. Ich hatte zu der Zeit noch keine Zähne. Was ist Schinken?

– Schinken? Dolles Zeug, Mann. Es ist eine Fleischsorte, rot, und es kommt aus der Grafschaft Limerick.

So sind in meiner Erinnerung die törichten Zwiegespräche, die wir damals führten. Wahrscheinlich waren sie ganz anders.

Ich kann nicht mehr sagen, wie lange dieses Leben – eine Art von Interregnum, lacuna oder hiatus – dauerte, aber ich weiß noch, als wir, ich und mein Bruder, merkten, daß Miss Annie mit größter Energie wusch und mit fast wilder Entschlossenheit mangelte, bügelte und packte, da wußten wir, daß irgend etwas bevorstand. Und wir hatten uns nicht getäuscht.
Eines Morgens nach dem Frühstück (Haferbrei und Tee mit Brot und Marmelade) fuhr eine Kutsche vor, und heraus kam eine sehr seltsam aussehende ältliche Dame, die am Stock ging. Ich erblickte sie zuerst durchs Fenster. Das Haar, das unter ihrem Hut hervorkam, war grau, ihr Gesicht war sehr rot, und sie ging langsam, als ob sie sehr schlecht sähe. Miss Annie führte sie herein, nachdem sie uns vorher gesagt hatte, Mrs. Crotty sei gekommen, und wir sollten brav sein. Mrs. Crotty blieb einen Augenblick schweigend in der Küche stehen und starrte ziemlich ausdruckslos um sich.
– Das sind die beiden Schlingel, Frau Crotty, sagte Miss Annie.
– Und gut sehen sie aus, Gott segne sie, sagte Mrs. Crotty mit einer hohen Stimme. Tun sie auch alles, was man ihnen sagt?
– Oh, so ziemlich, aber manchmal kann man sie nur schwer dazu kriegen, daß sie ihre Milch trinken.
– Aber, aber, sagte Mrs. Crotty in erschrecktem Ton, hat man schon mal so ’nen Unsinn gehört. Als ich in ihrem Alter war, konnte ich nicht genug Milch kriegen. Nie. Ich konnte Kannen voll trinken. Und Buttermilch. Nichts auf der Welt ist besser für Magen und Nerven. Tag und Nacht sag ich das zu Mr. Collopy, aber ich könnte ebensogut zu dem Tisch da reden.

An dieser Stelle klopfte sie mit ihrem Stock auf den Tisch; Miss Annie war erschrocken. Sie hatte nicht erwartet, daß Mrs. Crotty sich, bloß weil sie die Milch erwähnt hatte, so aufregen würde. Sie band ihre Schürze ab.

– Nun, wir werden sehen, sagte Mrs. Crotty vieldeutig. Ist die Kutsche draußen? Ich habe das ganze Zeug drinnen fertig.

– Ja. Mr. Hanafin ist draußen. Ruf ihn nur herein. Sind diese jungen Herren gewaschen?

– So weit wie möglich. Was die beiden brauchen, ist ein ordentliches Bad. Sie wissen, wie das hier mit dem Wasser ist.

– Der Herr steh' uns bei, sagte Mrs. Crotty und verzog das Gesicht, gibt es etwas Gräßlicheres unter dem weiten Himmel als Schmutz? Aber mit Gottes Hilfe werden wir zur gegebenen Zeit schon das Nötige tun. Also dann!

Miss Annie ging nach draußen und kam mit Mr. Hanafin, dem Kutscher, zurück. Er hatte ein purpurnes Gesicht, vielleicht von all dem Bier, das er trank, und war korrekt angezogen – mit steifem Hut und einem dunkelgrünen Mantel mit Schulterkragen.

– Den allerschönsten Morgen allerseits, sagte er munter. Mrs. Crotty, gut sieht Miss Annie aus – und das hab ich ihr auch gesagt.

– Wirklich? Nun, sie hat hier alle Hände voll zu tun gehabt, aber Mr. Collopy gibt einem auch alle Hände voll zu tun, und mal ein bißchen von ihm weg zu sein, hat ihr vielleicht ebenso gut getan wie vierzehn Tage an der See.

– Ich finde, sie sieht prächtig aus, sagte Mr. Hanafin

strahlend. Und diese beiden jungen Erzherzöge da sollen also meine Passagiere sein?
– Ja, sagte Miss Annie, sie sind der Hauptteil der Ladung. Passen Sie auf, daß Sie sie unterwegs nicht verlieren.
– Potztausend, sagte Hanafin grinsend, da wird sich Marius aber freuen. Das gibt einen richtigen munteren Trab heute morgen.
– Wer ist Marius, fragte mein Bruder.
– Die Mähre, Mann.
Später sagte mir mein Bruder, das sei doch ein seltsamer Name für eine Mähre. Da wäre Maria doch besser gewesen. Er war schon damals ein recht aufgeweckter Bursche. Ich glaube, an dieser Stelle brauchte ich für das Tier draußen vor unserer Tür ein derbes Wort. Er sagte mir, ich solle das nicht sagen.
– Warum?
– Teresa würde das nicht gern hören.
– Wer ist Teresa?
– Unsere Schwester.
– Unsere Schwester? Was?
Mrs. Crotty sagte zu Miss Annie, sie solle Mr. Hanafin zeigen, wo das Gepäck sei, und sie führte ihn in den Raum hinter der Küche. Wir hörten lautes Schieben und Schleifen. Decken und Kissen, das ganze Bettzeug mußte zusammengepackt worden sein, sonst hätten die Bündel nicht so riesig sein können, denn die Garderobe meines Bruders und meine eigene waren nicht so – nun – nicht so umfangreich. Vielleicht hatte man auch die Vorhänge eingepackt.
Schließlich hatte Mr. Hanafin alles auf dem Kutschendach verstaut. Es war Sommer, und mein Bruder und

ich reisten so, wie wir gingen und standen. Miss Annie verschloß das Haus sorgfältig, und sie und Mrs. Crotty verstauten sich umständlich auf dem Rücksitz der Kutsche. Wir beide saßen ihnen gegenüber. Die Reise war angenehm, große Häuser glitten vorüber, Straßenbahnen klingelten auf der Straßenmitte, große, schwere Pferde zogen schwere Lastwagen, und unser Marius vollführte mit seinen Hufen eine fröhliche Musik. Wie ich später erfuhr, hieß unser Ziel Warington Place, eine Erweiterung des herrschaftlichen Herbert Place, der sich im Süden der großen Stadt Dublin am Kanal entlangzieht.

Wenn ich mir's hinterher ausrechne, so muß ich damals fünf Jahre alt gewesen sein. Es war das Jahr 1890, und ich spürte es in meinen jungen Knochen, daß in meinem Leben ein großer Wechsel bevorstand. Ich sollte Mr. Collopy treffen. Damals wußte ich noch nicht, wie groß diese Veränderung sein würde.

II

In dem Porträt von Mr. Collopy, das ich jetzt geben werde, ist etwas Irreführendes, wenn auch nicht Unehrliches. Es kann wohl nicht den Eindruck wiedergeben, den er auf mich machte, als ich ihn zum erstenmal sah, es muß vielmehr eine Synthese aller Erfahrungen und Gedanken sein, die ich von ihm und über ihn im Laufe der Jahre sammelte. Aber ich weiß noch genau: Der erste Eindruck, den ich von ihm hatte, war der seiner Abwesenheit: Nachdem Mrs. Crotty gebieterisch an die Tür geklopft hatte, begann sie sogleich, ihre Handtasche nach dem Schlüssel zu durchwühlen. Es war ganz klar:

Sie erwartete gar nicht, daß die Tür geöffnet würde. – Es liegt ein bißchen Regen in der Luft, bemerkte sie zu Miss Annie.

– Scheint so, sagte Miss Annie.

Mrs. Crotty öffnete die Tür und ließ uns einzeln in die Küche, die etwas unterhalb der Straße lag. Mr. Hanafin mit dem Gepäck kam als letzter.

Da saß Collopy am Herd in einem schiefen, halb zusammengebrochenen Korbsessel, kleine rotgeränderte Augen sahen über die Stahlränder seiner Brille zu uns auf: Um uns besser sehen zu können, hatte er den Kopf vorgeschoben. Über den breiten Schädel waren lange graue Strähnen gezogen, festgeklebt. Die ganze Gegend um den Mund war hinter einem großen struppigen, bürstenähnlichen Schnurrbart verborgen. An den Rändern war dieser Bart verfärbt, und ein fliehendes Kinn saß auf einem sehnigen Hals, der in einem weißen, krawattenlosen Zelluloidkragen verschwand. Schwer zu bestimmende Kleider enthielten ein mageres kleines Gestell, und die Füße steckten in großen Schnürstiefeln mit lose hängenden Senkeln.

– Gütiger Himmel, sagte er mit tonloser Stimme, ihr seid aber früh da. Morgen, Hanafin.

– Morgen, Mr. Collopy, sagte Mr. Hanafin.

– Annie hier hatte schon alles in Ordnung, sagte Mrs. Crotty – dem Himmel sei's gedankt.

– Ich weiß nicht recht, sagte Miss Annie.

– Wahrhaftig, Mr. Collopy, sagte Hanafin strahlend, ich hab sie noch nie so gut aussehend gefunden. Sie haben richtig ein bißchen rote Backen. Wie machen Sie das bloß?

Mein Bruder und ich blickten zuerst in Mr. Collopys

schlaffes, graues Gesicht, dann sahen wir einander an.
– Ich weiß auch nicht, sagte Mr. Collopy, ich glaube, Arbeit hat noch nie jemandem geschadet. Tun Sie das Zeug vorläufig ins Hinterzimmer, Hanafin. Also, Mrs. Crotty, sind das die beiden gestrandeten Seeschwalben? Von dem guten Essen, das du in sie hineingestopft hast, sind sie auch nicht dünner geworden, Annie, das muß man dir lassen.
– Scheint so, sagte Miss Annie.
– Ich bitte Sie, Mrs. Crotty, stellen Sie mich vor.
Wir traten vor und hörten unsere Namen genannt. Ohne sich zu erheben, schloß Mr. Collopy einen Knopf an der Jacke meines Bruders, und dann schüttelte er uns feierlich die Hand. Dann zog er zwei Pennies aus seiner Westentasche und reichte jedem von uns einen.
– Ich kreuze eure Hände mit irdischen Gütern, sagte er, und zugleich gieße ich meinen Segen über eure Seelen.
– Danke für die irdischen Güter, sagte mein Bruder.
– Manus und Finbarr sind schöne Namen, schöne irische Namen, sagte Mr. Collopy. Im Lateinischen bedeutet Manus groß. Denk daran. Ecce Sacerdos Manus kommt in der Messe vor, und Manus ist ein so erhebender Name. Ah, und Finbarr ist ein echter Ire, denn er war ein Heiliger aus der Grafschaft Cork. Vor vielen Tausenden Jahren verbreitete er das Evangelium nah und fern, und was war der Dank dafür? Ich glaube, zum guten Schluß verhungerte er auf irgendeiner Insel im Flusse Lee, hinten bei Queenstown.
– Ich hab immer gehört, fiel Mrs. Crotty ihm ins Wort, daß St. Finbarr von der anderen Couleur war. Gott weiß, was er sich dabei gedacht hat, als er dem armen Bookul so einen Namen gegeben hat.

– Unsinn, Mrs. Crotty. Sein Herz gehörte Irland und seine Seele dem Bischof von Rom. Was guckt da aus dem Sack heraus, Hanafin? Sind das Besen oder Schaufeln oder was sonst?
Mr. Hanafin war mit einer neuen Ladung hereingekommen und sah auf eins der Gepäckstücke, zu dem auch Mr. Collopy hinsah.
– Meiner Treu, Mr. Collopy, antwortete er, Schaufeln. Verdammt noch mal. Das sind Hurley-Stücke, beste irische Esche und aus der County Kilkenny, da möcht ich drauf schwören.
– Das freut mich, zu hören. Von den gewundenen Ufern des Nore, wie? Wie manch guten Schlag tat ich selbst in jenen Tagen meiner grünen Jugend. Damals konnte ich einen Ball treffen und ihn aus dem Mittelfeld ins Tor schlagen, Mann.
– Nun, da wundert's mich nicht, daß Sie jetzt ewig über das Rheuma in ihren Gelenken jammern, sagte Mrs. Crotty trocken.
– Genug, genug, Mrs. Crotty. Es war ein herrliches Männerspiel, und ich schäme mich nicht der Narben, die ich vielleicht heute noch trage. Wenn man kein Hurleyspieler war, war man in jenen Tagen einfach ein Nichts. Auch Kardinal Logue ist ein Hurleyspieler und ein Gälischsprecher, und er steht in hohem Ansehen beim Papst und bei der Menschheit. Haben Sie auch Hurley gespielt, Hanafin?
– In meiner Heimat, auf dem Land – in Tinahely – spielten wir Fußball.
– Nach Michael Cusacks gälischen Regeln, wie ich hoffe?
– Oh, gewiß, Mr. Collopy.

– So ist's recht. Die einheimischen Spiele für die einheimischen Menschen. Man soll's nicht für möglich halten, aber ich sehe da so junge Cooderamawns, mit sackigen Pumphosen ausstaffiert, draußen auf Bulls Island dies neumodische Golf spielen. Erbarmt euch – das ist doch überhaupt kein Spiel.
– In Dublin finden Sie immer Gecken, die die Engländer nachmachen, das ist mal sicher, sagte Mr. Hanafin. Die zögen auch Nachthemden an, wenn sie das britische Militär oben im Phoenix Park in Nachthemden Polo spielen sähen. Die kennen überhaupt keine Scham, verdammt noch mal.
– Und dann redet man dauernd von Home Rule, pflichtete Mr. Collopy bei. Also, was wollen Sie! Wenn man nach diesen Bull-Island-Dummköpfen urteilt, dann sind wir für Home Rule so reif wie diese Cooderamawns in Afrika.
Setzt euch hier an den Tisch, sagte Mrs. Crotty. Hat der Tee gezogen, Annie?
– Scheint so, sagte Miss Annie.
Wir alle setzten uns, und Mr. Hanafin zog ab, nachdem er uns mit einer Flut von Segenswünschen überschüttet hatte.
Ich habe das Gefühl, daß ich anständigerweise an dieser Stelle die Art und den Stand der anwesenden Personen erklären sollte. Mr. Collopy war der Halbbruder meiner Mutter und war deshalb mein Halbonkel. Er hatte zweimal geheiratet, Miss Annie war seine Tochter aus erster Ehe. Mrs. Crotty war seine zweite Frau, wurde aber nie Mrs. Collopy genannt, warum, das weiß ich nicht. Vielleicht hatte sie den Namen ihres ersten Mannes in liebendem Angedenken beibehalten, vielleicht

war diese Gewohnheit auch aus purer Gedankenlosigkeit entstanden. Überdies nannte sie ihren zweiten Mann immer ganz förmlich Mr. Collopy, wie auch er sie immer Mrs. Crotty nannte, wenigstens geschah dies in Anwesenheit anderer; wie's privat gehandhabt wurde, kann ich nicht sagen. Eine böswillige Person könnte vermuten, daß sie gar nicht verheiratet waren und daß Mrs. Crotty eine ausgehaltene Frau oder eine ständig anwesende Prostituierte war. Aber das ist ganz undenkbar, schon darum, weil Mr. Collopy ein lebhaftes Interesse an der Kirche und an Fragen der Lehre und des Dogmas hatte und auch wegen seiner langjährigen Freundschaft mit einem deutschen Priester aus der Leeson Street, dem Pater Kurt Fahrt, S. J., der häufig zu Besuch kam.

Wie ich schon sagte, mußte ich anständigerweise diese Erklärung geben, aber ich kann nicht behaupten, die Situation dadurch erhellt oder verständlicher gemacht zu haben.

III

In der toten Atmosphäre dieses Haushaltes verstrichen die Jahre langsam. Mein Bruder, der fünf Jahre älter war als ich, wurde als erster zur Schule geschickt. Eines Morgens in aller Frühe wurde er von Mr. Collopy weggeführt, um dem Direktor der Schule der Christlichen Brüder in der Westland Row vorgestellt zu werden. Man hätte denken sollen, er sei bei dieser Gelegenheit nur förmlich vorgestellt und eingeschrieben worden, aber als Mr. Collopy zurückkam, war er allein.

– Nach Gottes Willen, so erklärte er, hat Manus heute

den Fuß auf die erste Sprosse der Leiter der Gelehrsamkeit und des Fortschritts gesetzt, zu einem Gipfel, wo ein einsamer Stern lockt.
– Der arme Junge hat kein Butterbrot bei sich, sagte Mrs. Crotty mit schriller Stimme.
– Es hätte Ihnen einfallen dürfen, Mrs. Crotty, daß der Herr schon für ihn sorgen wird, so wie er es für die Vögel des Himmels tut. Ich habe dem Schlingel zwei Pennies gegeben. Bruder Cruppy sagte mir, daß die Jungens in einem Friseurladen weiter oben in der Straße für einen Penny eine ganze Tüte mit Bruchkeks bekommen können.
– Und was ist mit Milch?
– Du bist wohl verrückt, Frau, du kennst doch die Tricks, die du anwenden mußt, damit er hier in dieser Küche seine Milch trinkt. Er hält Milch für giftig, genau wie du einen Tropfen Korn für giftig hältst. Da fällt mir gerade ein: – Ich glaube, ich habe ein Schlückchen verdient. Wo ist mein Krug?
Mein Bruder, der mit der Zeit immer schweigsamer geworden war, vertraute mir nicht viel über seine neue Lebenslage an, außer daß »die Schule zum Kotzen« sei. Früher als ich glaubte, sollte die Reihe auch an mich kommen. Eines Abends fragte Mr. Collopy mich nach der Morgenzeitung. Ich reichte ihm die nächste, die ich finden konnte. Er reichte sie mir zurück.
– Die von heute morgen, habe ich gesagt.
– Ich glaube, das ist die von heute morgen.
– Du glaubst? Kannst du nicht lesen, Junge?
– Aber . . . nein.
– Aber, aber . . . möge der allmächtige und gütige Gott sich unser erbarmen! Weißt du auch, daß Mose Art in

deinem Alter schon vier Symphonien geschrieben hatte und eine unvorstellbare Menge von lieblichen Liedern? Und Pagan Neeny hatte vor dem König von Preußen ein Konzert auf seiner Fiedel gegeben, und Johannes der Täufer war schon allein in der Wüste mit weit und breit nichts zu essen außer Heuschrecken und wildem Honig. Schämst du dich denn gar nicht, Mann?

– Aber ich bin doch noch jung.

– Wirklich und wahrhaftig? Du bist wie all die andern, du zählst vom falschen Ende. Wie kannst du wissen, daß nicht schon in drei Monaten dein Leben zu Ende ist?

– Oh, mein Gott!

– Hah?

– Aber ...

– Du kannst deine Abers wieder einstecken. Ich werde dir sagen, was du jetzt tust. Du stehst morgen Punkt acht auf und wäschst dich gründlich.

An diesem Abend im Bett sagte mein Bruder nicht ohne Schadenfreude, er dächte, ich würde jetzt bald Meister in Latein und Shakespeare sein, und Bruder Cruppy würde in seiner Katechismusstunde himmlisches Brot auf mich herunterregnen lassen, und dann würde er mir eine Vorstellung davon geben, was die ersten Christen in der Arena durchgemacht hätten, indem er mich halbtot prügelte. An diesem Abend schloß ich ein Paar unglückliche Augen. Aber mein Bruder hatte nur teilweise recht. Zu meiner Überraschung führte mich Mr. Collopy am nächsten Morgen mit forschen Schritten am Ufer des Kanals entlang, drang zur Synge Street vor und zog am Wohngebäude der dortigen Anstalt der Christlichen Brüder die Glocke. Als ein zerzauster junger Mann in Schwarz öffnete, sagte Mr. Collopy, er wolle den Superior, Bruder Gaskett, sprechen. Wir wurden in ein kahles Zimmerchen geführt, an dessen Wand ein Stahlstich hing: das Porträt des Bruders Rice, des Ordensgründers, ein paar Stühle und ein Tisch standen da, sonst nichts.

– Man sagt, daß Frömmigkeit riecht, sagte Mr. Collopy gedankenverloren halb zu sich selbst. Das ist eine dumme Feststellung – was sie meinen, ist nur, daß es gar nicht nach Frauen riecht.

Er sah mich an.

– Hast du schon gewußt, daß keine Frau auf der Welt in dies heilige Haus hinein darf? So muß es auch sein. Selbst wenn ein Bruder mit der eigenen Mutter sprechen muß, so trifft er sie ganz unauffällig unten im Imperial Hotel. Was hältst du davon?

– Ich halte das für sehr hart, sagte ich. Könnte sie nicht hierherkommen und ein anderer Bruder könnte dabei sein, so wie sie es im Gefängnis machen, wo am Besuchstag ein Wärter dabei ist?

– Nun, das ist ein seltsamer Vergleich, das muß ich schon sagen. Dies Haus mag tatsächlich eine Art von Gefängnis sein, aber die Ketten sind von dem reinsten, feinsten achtzehnkarätigen Gold, und die heiligen Brüder würden sie gern auf den Knien liegend küssen.

Die Tür öffnete sich leise, und ein ältlicher, schwerer Mann mit einem traurigen Gesicht glitt herein. Er lächelte eingebildet und schüttelte uns auf seltsame Weise die Hand: Er hielt dabei den Ellbogen angewinkelt und streckte die Hand vor seiner Brust aus.

– Ein herrlicher Morgen, nicht wahr, Mr. Collopy, sagte er mit heiserer Stimme.

Während wir uns setzten, antwortete Mr. Collopy – Ja, Bruder Gaskett, Gott sei Dank. Ich brauche Ihnen wohl nicht zu sagen, warum ich diesen kleinen Schlingel mitgebracht habe.

– Nun, sicher nicht, damit wir ihm hier das Kartenspielen beibringen.

– Da haben Sie recht, Bruder. Er heißt Finbarr.

– Nein, so was! Das ist aber ein schöner Name, ein Name, dem in der Kirche Ehre zuteil geworden ist. Ich nehme an, Sie wünschen, daß wir hier versuchen, Finbarrs Kenntnisse zu erweitern.

– Das haben Sie schön gesagt, Bruder Gaskett, mir scheint, das werden ganz erhebliche Erweiterungen sein müssen, denn, verdammt noch mal, er kennt nur die vulgären Lieder vom Varieté, zum Beispiel »Kommt mal alle her« von Cathal McGarvey, und seine Gebete kennt er. Sie nehmen ihn doch, Bruder?

– Aber natürlich. Bestimmt, bei mir wird er alles lernen, vom Rechnen, Lesen, Schreiben bis Euklid und Aristophanes und die gälische Sprache. Wir werden ihm eine solide Grundlage im Glauben geben, und wenn er mit Gottes Hilfe eines Tages Lust bekommen sollte, dem Orden beizutreten, dann wird in diesem bescheidenen Hause immer ein Platz für ihn bereit sein. Nachdem er ein Noviziat durchlaufen hat, natürlich.

Der Schluß dieser Rede jagte mir einen richtigen Schrekken ein, und ich fühlte mich gedrängt, mich irgendwie zu wehren. Nicht einmal als Scherz gefiel mir die Sache, und schon gar nicht, daß dieser schmierige Bruder ihn machte.

– Ach . . . ich meine, das hätte noch etwas Zeit, Bruder Gaskett, stammelte ich.

Er lachte freudlos.
– Aber natürlich, Finbarr, jedes Ding zu seiner Zeit.
Dann steckten er und Mr. Collopy die Köpfe zusammen und hielten eine gemurmelte Beratung ab, und danach stand der letztere auf. Auch ich stand auf, aber er hielt mich mit einem Wink zurück.
– Wir bleiben, wo wir sind, sagte er. Bruder Gaskett meint, du könntest ebensogut gleich anfangen. Es ist immer gut, den Stier bei den Hörnern zu packen.
Das kam mir nicht ganz unerwartet, versetzte mir aber doch einen Schrecken.
– Aber, sagte ich mit lauter Stimme, ich hab kein Butterbrot . . . keine Bruchkekse.
– Das macht nichts, sagte Bruder Gaskett, wir lassen dich mit einem halben Tag beginnen.
So trat ich also durch das düstere Portal der Schule in der Synge Street. Bald sollte ich auch das Instrument kennenlernen, das als »das Leder« bekannt war. Es ist nicht, wie man vermuten sollte, ein Lederriemen, wie er um Koffer geschnallt wird, nein, es ist eine ganze Reihe solcher Riemen, die übereinandergenäht sind, so daß ein dickes Ding entsteht, fast so hart wie eine Keule, aber doch elastisch genug, um einem nicht die Handknochen zu brechen. Schläge damit, besonders, wenn sie auf den oberen Teil des Daumens oder das Handgelenk gezielt waren (und sie waren oft gezielt), riefen eine augenblickliche Lähmung hervor, auf die ein unerträglicher Schmerz folgte, wenn das Blut versuchte, in die getroffenen Stellen zurückzuströmen. Später lernte ich von meinem Bruder eine gewisse Routine in Gegenmaßnahmen, die er ausprobiert hatte, aber sie wirkten nur teilweise.

Keiner von uns beiden kam dahinter, warum Mr. Collopy uns auf verschiedene Schulen schickte. Mein Bruder glaubte, er wolle uns am Mogeln hindern, am Abschreiben der Aufgaben, von denen wir jeden Abend ein umfangreiches Programm zu erledigen hatten. Das konnte aber kaum der Grund sein, denn an jeder Schule bestand ein ausgeklügeltes Mogelsystem für diejenigen, die morgens früher kamen. Mein Eindruck war der, daß diese Maßnahme auf Mr. Collopys eingefleischte Listigkeit zurückzuführen war und dem allgemeinen Prinzip von »divide et impera« entsprach.

IV

Die Jahre gingen dahin, Gott sei Dank ziemlich ereignislos. Ich war jetzt fast elf, mein Bruder war sechzehn und vollkommen überzeugt, ein erwachsener Mann zu sein.

Eines schönen Frühlingstages gegen halb drei trottete ich müde von der Schule in der Synge Street nach Hause. Ich ging auf der dem Hause gegenüberliegenden Straßenseite, auf der sich der Kanal befindet. Noch etwa fünfzig Meter von daheim entfernt, schaute ich zufällig zum Hause hinüber und blieb wie erstarrt stehen. Ich mußte die Augen schließen, mein Herz pochte wild gegen die Rippen. Schüchtern blickte ich noch einmal auf. Ja!

Links von der Haustür und etwa zwölf Meter vom Haus entfernt stand im Vorgarten ein ziemlich hoher Baum. Kopf und Schultern meines Bruders waren über dem Baum zu sehen, aber er war noch ein Stück von diesem entfernt. Ich starrte die Erscheinung an, wie ein

Tier die Schlange anstarrt, die gleich zubeißen wird. Mein Bruder begann, in einer furchterregenden Weise mit den Armen zu wedeln. Dann sah ich plötzlich seinen Rücken. Er ging zum Haus zurück, und er ging auf Luft! Ich war jetzt völlig durcheinander und dachte an einen anderen, der über das Wasser gewandelt war. Hilflos blickte ich weg, nach einiger Zeit stolperte ich gequält ins Haus. Ich muß ganz blaß gewesen sein, als ich schweigend hineinkam.

Mr. Collopy saß nicht in seinem gewöhnlichen Sessel am Herd. Annie – wir hatten inzwischen das »Miss« fallen lassen – stellte einen gehäuften Teller Kartoffeln und Gulasch vor mich hin. Es schien mir angebracht, so zu tun, als ob nichts wäre.

– Wo ist Mr. Collopy, fragte ich.

Sie wies mit dem Kopf nach dem Hinterzimmer.

– Er ist drinnen, sagte sie. Ich weiß nicht, was Vater vorhat. Er ist drinnen mit einem Metermaß und mißt etwas aus. Ich fürchte, der armen Mrs. Crotty geht es schlechter. Dr. Blennerhassett war heute morgen wieder da. Gott möge sich unser erbarmen!

Mrs. Crotty war wirklich sehr krank. Seit zwei Monaten lag sie zu Bett, und sie hatte darauf bestanden, daß die Tür zwischen ihrem Schlafzimmer und der Küche immer angelehnt blieb, damit ihre Rufe, die oft nur schwach waren, von Mr. Collopy oder Annie gehört werden konnten. Weder ich noch mein Bruder betraten jemals das Zimmer, aber ich hatte Mrs. Crotty doch einige Male zufällig gesehen. Einmal war sie, von Mr. Collopy gestützt, die Treppe heruntergekommen, mit schwacher Hand hatte sie sich am Geländer angeklammert, ihr Nachtgewand war von phantastischer Form und Farbe, und ihr erschöpftes Gesicht war erschrekkend blaß gewesen.

– Ich fürchte, sie ist wirklich arg krank, sagte ich.

– Scheint so.

Ich trank meinen Tee aus und ging dann, als ob nichts wäre, aus der Küche und nach oben, mein Herz begann wieder zu klopfen. Ich trat in unser Schlafzimmer. Mein Bruder kehrte mir den Rücken zu; über den Tisch gebeugt, prüfte er ein paar kleine metallene Gegenstände. Er blickte auf und nickte zerstreut.

– Willst du mir bitte, sagte ich nervös, willst du mir bitte eine Frage beantworten?

– Was für eine Frage? Ich habe hier eine interessante Sache.

– Hör mir jetzt zu. Als ich vorhin zurückkam, hab ich dich da durch die Luft gehen sehen?

Er drehte sich um, starrte mich an und fing dann laut zu lachen an.

– Also, verdammt noch mal, man könnte schon sagen, daß du recht gesehen hast.

– Was soll das heißen?

– Das ist eine interessante Frage. Sah es gut aus?

– Wenn du es wissen willst: Es sah unnatürlich aus, und wenn du dich irgendeiner Macht bedienst, die nicht von Gott ist, wenn du mit gottlosen Mächten der Finsternis zu tun hast, dann rate ich dir dringend, einmal zu Pater Fahrt zu gehen, denn so etwas führt zu keinem guten Ende.

Hier fing er an, höhnisch zu lachen.

– Komm, schau mal zum Fenster raus, sagte er.

Ich trat ans Fenster und sah vorsichtig nach draußen. Zwischen dem Fensterbrett und einem starken Ast in der Nähe des Wipfels spannte sich ein sehr straffes Drahtseil. Ich sah jetzt, daß es durch den unteren Rand des geschlossenen Fensters hindurchgeführt und an einem zur Wand gerichteten Fuß des Bettes verankert war.

– Allmächtiger Gott! rief ich aus.

– Gut, was?

– Ein verdammter Seiltänzer, du meine Fresse!

– Der vom Queens Theater hat mir die Sachen gegeben. Es ist überhaupt nichts dabei. Wenn ich morgen das Seil hier quer durchs Zimmer spannte, nur einen Fuß hoch vom Boden, dann könntest du mit ein klein bißchen Übung auch drübergehen. Was ist da der Unterschied. Was ist der Unterschied, ob du nun fünf Zentimeter oder eine Meile über dem Boden bist? Die einzige Schwierigkeit ist, so nennt man es, psychologisch. Es ist ein neues Wort, aber ich weiß, was es bedeutet. Das Balancieren selbst ist ein Kinderspiel, der Trick ist: Du mußt dir jeden Gedanken an Höhe aus dem Kopf schlagen. Es sieht natürlich gefährlich aus, aber in einer solchen Gefahr steckt Geld. Es ist eine sichere Gefahr.

– Und was ist, wenn du fällst und dir den Hals brichst?

– Hast du je von Blondin gehört? Er starb mit dreiundsiebzig Jahren in seinem Bett, und fünfzig Jahre vorher hatte er auf einem Seil die Niagarafälle überquert, einhundertundsechzig Fuß über dem tosenden Wasser. Und mehrmals – hat er einen Mann auf seinem Rücken getragen, hat haltgemacht, um Eier zu braten – das war ein großer Mann. Und ist er nicht sogar einmal in Belfast aufgetreten?

– Ich glaub, du hast den Verstand verloren.
– Ich werde Geld verdienen, denn ich habe ... bestimmte Pläne, bestimmte, sehr wichtige Pläne. Sieh mal, was ich hier habe. Eine Druckmaschine. Ich hab sie von einem der Burschen in Westland Row bekommen, der hat sie seinem Onkel gestohlen. Sie ist zwar alt, aber ganz einfach zu bedienen.
Aber ich konnte den Gedanken an das Seil nicht loswerden.
– Du willst also der Blondin von Dublin werden?
– Nun, warum nicht?
– Der Niagara ist natürlich zu weit weg. Aber wahrscheinlich willst du ein Seil über den Liffey spannen.
Er fuhr hoch, warf ein kleines Metallstück hin und sah mich mit großen Augen an.
– Lieber Heiland, sagte er, da hast du etwas gesagt! Da hast du wirklich etwas gesagt. Ein Seil über den Liffey spannen. Der maskierte Teufelskerl aus der Mount Street. Da steckt ein Vermögen drin – ein Vermögen! Gott helf mir, warum hab ich da nicht dran gedacht?
– Um Gottes Willen, das war doch nur ein Scherz.
– Scherz? Hoffentlich machst du weiter solche Scherze. Ich will mal mit Pater Fahrt darüber sprechen.
– Damit er dich segnet, bevor du dein Leben aufs Spiel setzt?
– Quatsch! Ich werde einen Organisator nötig haben, einen Manager. Pater Fahrt kennt eine Menge dieser Junglehrer, und ich will, daß er mich mit einem davon in Verbindung bringt. Mit denen kannst du Pferde stehlen. Erinnerst du dich noch an Frank Corkey, den Volksschullehrer? Er war einmal hier bei uns zu Hause. Ein abgefallener Jesuit. Der Mann würde für ein paar

Lappen die Mauern von Jerusalem in die Luft sprengen. Das wäre genau der richtige Mann.

– Und dann würde man ihn aus dem Schuldienst entlassen, weil er einem jugendlichen Verrückten dabei geholfen hat, sich umzubringen.

– Ich werde ihn schon dazu kriegen. Wart mal ab.

Damit endete der überraschende Disput jenes Tages. Im geheimen erheiterte mich der Gedanke, daß mein Bruder an Pater Fahrt herantreten wollte, um die Überschreitung des Liffey auf einem Drahtseil zu organisieren, und Mr. Collopy würde aus ein paar Fuß Entfernung, in seinem Korbsessel hängend, diesem Ansinnen zuhören. Ich hatte schon von Erdbeben gehört und der schrecklichen Verwüstung, die ihnen folgte. Das hier würde mit Sicherheit auch ein solch schreckliches Unwetter werden.

Aber wieder einmal hatte ich meinen Bruder unterschätzt. Ohne ein Wort zu sagen, war er eines Tages heimlich nach Lower Leeson Street Nr. 35 geschlichen und hatte Pater Fahrt unter vier Augen gesprochen. Er sagte es mir, als er an jenem Abend ein wenig niedergeschlagen zurückkam.

– Der hochehrwürdige Herr Pater will nichts davon wissen. Er fragte mich, ob ich denn ein Eckensteher sei und keinen Familienstolz besitze. Öffentlichen Unfug nannte er das Gehen auf dem Seil. Er drohte, er würde es dem alten Collopy sagen, wenn ich mir die Sache nicht aus dem Kopf schlüge. Ich solle es versprechen. Natürlich hab ich es versprochen. Aber ich werde Corkey schon allein finden, und wir werden die Sache schon hinkriegen, verlaß dich drauf. Keinen Familienstolz! Auf welche Familie denn?

– Kein Jesuit wird gern für einen Zirkusdirektor gehalten, sagte ich.
Etwas verbittert sagte er: Du wirst noch davon hören.
Ich war sicher, daß ich noch davon hören würde.

V

Es war mir bald klar geworden, daß einer der Pläne meines Bruders in die Tat umgesetzt worden war; denn ein beträchtlicher Strom von Briefen, an ihn adressiert, kam ins Haus, und er selber tat geheimnisvoller denn je. Ich wollte ihm aber nicht die Genugtuung verschaffen, offen zu fragen, was dies alles bedeute. Über all das werde ich später erzählen, jetzt will ich nur davon berichten, wie unsere Abende in der Küche verliefen, nicht einmal, sondern viele, viele Male, und was für eine Art von Unterhaltung vor sich ging. Wie gewöhnlich wurde der Gegenstand, über den gesprochen wurde, gar nicht beim Namen genannt.
Wir beide, mein Bruder und ich, saßen am Tisch und arbeiteten uns mühsam durch die elenden Hausaufgaben und verfluchten Wordsworth und Euklid und Katechismus und alle ähnlichen Geißeln der Jugend. Mr. Collopy lag hingegossen in seinem Sessel, die stahlgefaßte Brille tief auf der Nase. In einem Lehnstuhl ihm gegenüber saß Pater Kurt Fahrt, ein sehr großer, dünner, asketisch wirkender Mann, grauhaarig, mit schwarzen Schatten um Kinn und Wangen und einem Hals, der so dünn war, daß sozusagen Raum für zwei in seinem klerikalen Kragen gewesen wäre. Auf dem Herdrand standen in bequemer Reichweite der beiden Philosophen zwei Gläser. Auf dem Boden, neben Mr. Collopys

Stuhl, stand ein unter dem Namen »der Krug« allgemein bekanntes Gefäß. Es war ein plumper irdener Behälter, der an zwei Seiten einen Henkel hatte; in diesen Gefäßen brachte die Destillerie von Kilbeggan ihr Erzeugnis auf den Markt. Die irische Bezeichnung für Whiskey – Uisge Beatha – war auf der Wölbung eingebrannt. Dieses Gefäß war natürlich undurchsichtig und deshalb geheimnisvoll. Man konnte nie sagen, wie voll oder wie leer es war, noch wie viel Mr. Collopy getrunken hatte. Die Tür zu Mrs. Crottys Zimmer stand wie immer einen ganz kleinen Spalt offen.

– Was zum Teufel haben Sie nur, Pater, fragte Mr. Collopy beinahe gereizt.

– Oh, nichts Besonderes, Collopy, sagte Pater Fahrt.

– Beim Himmel, dieses Krabbeln und Kratzen.

– Verzeihen Sie, ich habe eine leichte Psoriasis auf dem Rücken und auf der Brust.

– Was tut weh?

– Psoriasis. Eine leichte Hauterkrankung.

– Erbarmen! Ich hatte verstanden, kranke Augen. Ist es mit Grind oder Ausschlag oder etwas dieser Art verbunden?

– Nein, ganz und gar nicht. Ich werde behandelt. Eine Salbe, die einen Stoff enthält, der als Chrysarobin bekannt ist.

– Und dieses Pso – oder wie das heißt – verursacht Jucken?

Pater Fahrt lachte leise –

– Manchmal ist es schon eher wie Nadelstiche, sagte er lächelnd.

Da ist Schwefel das richtige. Schwefel ist eins der großen königlichen Heilmittel der Welt. Verdammt, ein

Freund von mir braucht sogar in seinem Garten Mengen von Schwefel.

Unbewußt kratzte sich Pater Fahrt wieder.

– Wir wollen nicht mehr an solche nebensächlichen Dinge denken, sagte er, und Gott danken, daß es nichts Ernstliches ist. Sie regen sich also wieder wegen dieses Planes auf?

– Es ist eine Schande, Pater, sagte Mr. Collopy mit Wärme. Es ist eine Sünde und Schande, dabei bleib ich.

– Also, Collopy, wozu sind wir eigentlich auf dieser Welt? Wir sind hier, um zu leiden. Wir müssen uns heiligen. Und dazu dient das Leiden.

– Wissen Sie, Pater, sagte Mr. Collopy gereizt, all dies Gerede über Leiden schlägt mir ein bißchen auf den Magen. Sie scheinen ja sehr versessen auf Leiden zu sein, wenn es andere betrifft. Was würden Sie tun, wenn Sie in Ihrem Haus in der gleichen Situation wären?

– In meinem Hause würde ich das tun, was mein Oberer mich zu tun heißt. Mein Orden ist in Wirklichkeit eine Armee. Wir stehen unter Befehl.

– Geben Sie mir Ihr Glas, Euer Heiligkeit.

– Aber nicht viel, Collopy.

Es entstand ein kurzes, bedeutungsvolles Schweigen, aber ich hob den Kopf nicht, um zu sehen, was vor sich ging.

– Pater, sagte Mr. Collopy schließlich, Sie würden ganz und gar den Kopf verlieren, wenn Sie die gleiche Situation in Ihrem Haus hätten. Sie würden sich anstellen. Sie würden Ihrem Pater Superior sagen, er solle sich zum Teufel scheren, Sie würden zur Haustür rausstürzen und nach Stephen's Green davonrennen. Oh, ich kenne euch Heilige. Ich kenne euch nur zu gut. Glauben Sie nicht, daß die Frauen schon genug leiden, wie Sie es nennen, indem sie Kinder in die Welt setzen? Und warum tun sie das? Etwa, um sich zu heiligen? Du guter Gott, nein! Es ist nur, weil der Gatte eine einzige große Fackel ist, brennend im Feuer der Lust!

– Ich bitte Sie, Collopy, sagte Pater Fahrt mit sanftem Tadel. Diese Ansicht ist ganz falsch. Zeugung ist das Recht eines verheirateten Mannes. Sie ist in der Tat seine Pflicht zur größeren Ehre Gottes. Es ist eine Pflicht, die an das Sakrament der Ehe gebunden ist.

– Oh, tatsächlich, sagte Collopy laut, ist das tatsächlich so. Um neue unglückselige Leichtfüße in dies Tal der Tränen zu setzen, damit es noch mehr von diesem Ihrem berühmten Leiden gibt, wie? Vielleicht wieder eine Frau. Guter Gott!

– Aber, aber, Collopy.

– Sagen Sie mir, Pater, würden Sie sagen, daß es natürlich für eine Frau ist, Kinder zu haben?

– Vorausgesetzt, daß sie verheiratet ist und in einer von der Kirche gesegneten Ehe lebt – ja. Sehr natürlich und sehr wünschenswert. Es ist eine heilige Sache, zur größeren Ehre Gottes Kinder aufzuziehen. Ihr Katechismus wird Ihnen das bestätigen. Der zölibatäre priesterliche Stand ist der heiligste, aber der Stand eines verheirateten Mannes ist nicht ohne Ehre. Und natürlich, die ehrbare, verheiratete Frau ist eine wahre Dienerin Gottes.

– Sehr gut, sagte Mr. Collopy mit Wärme. Dann sagen Sie mir: Ist diese andere Sache auch natürlich?

– Gewiß. Unser Körper ist ein geheiligter Tempel. Es ist eine Funktion.

– Sehr gut. Und was für einen Namen geben Sie den

schmutzigen Dummköpfen, die diese Funktion mehr oder weniger mit einem Bann belegen?
– Es ist – ah, eine Gedankenlosigkeit, sagte Pater Fahrt in seinem mildesten Ton. Wenn man vielleicht einmal nachdrücklich darauf hinwiese...
– Wenn man darauf hinwiese, platzte Mr. Collopy heraus. Wenn man darauf hinwiese! Der Himmel weiß
– Sie versuchen, mich aus der Fassung zu bringen, Pater, Sie wollen mich um den Verstand bringen, einen unglücklichen shaughraun aus mir machen. Wenn man darauf hinwiese, du liebes bißchen! Sie wissen ganz genau, daß ich mir die Füße wundgelaufen habe, die Treppen hinauf zu dieser dreckigen Stadtverwaltung, sie angefleht, sie beschworen, ihnen befohlen habe, etwas zu unternehmen. Ich habe Ihnen Kopien der Briefe gezeigt, die ich an diesen Hampelmann von Bürgermeister geschickt habe. Das ist ein Mann, der immerhin etwas von Ketten versteht! Was für ein Resultat habe ich erzielt? Gar keins. Nichts als Beschimpfungen von Eckenstehern und beamteten Bauernlümmeln.
– Ist es Ihnen vielleicht schon einmal in den Kopf gekommen, Collopy, daß Sie nicht gerade sehr taktvoll vorgehen?
– Takt, sagen Sie? Ist das das Neueste? Geben Sie mir Ihr Glas.
Eine neue Pause für Ausschenken und Erfrischung.
– Wissen Sie, was ich einmal möchte, sagte Mr. Collopy anzüglich, ich möchte eine lange Geschichte schreiben und veröffentlichen über Ihre Leidens-Theorien. Verdammt, was wissen Sie schon von Leiden. Nur Leute ohne Erfahrung haben Theorien. Natürlich kauen Sie nur wieder, was Sie in Ihren heiligen Schulen gelernt

haben. »Im Schweiße deines Angesichtes sollst du trauern.« Oh, die große, alte katholische Kirche hat immer ein hohes Lob für die Leidenden gehabt.
– Der Satz, den Sie da eben zitiert haben, war ungenau, Collopy.
– Wenn schon, bin ich etwa ein Dechant oder ein Bibelgelehrter oder sonst was? Sie werden keinen Quäker oder sonstigen Blaukopf finden, der diesen Quatsch über Leiden von sich gibt. Die behandeln ihre Angestellten anständig, sie geben ihnen ordentliche Unterkunft, sie verstehen es, auf ehrliche Weise Geld in Menge zu verdienen, und sie sind so heiligmäßig – jeder einzelne von ihnen – wie irgendein verflixter Jesuit oder der Papst in Rom persönlich.
– Wir wollen den Heiligen Vater aus diesem Disput herauslassen, was auch immer Sie von den demütigen Mitgliedern meines Ordens sagen mögen, sagte Pater Fahrt salbungsvoll.
– Wi...
Plötzlich mußte er sich heftig kratzen.
– Hab ich recht gehört, haben Sie gesagt »demütig«, Pater? Ein demütiger Jesuit, das wäre wie ein Hund ohne Schwanz oder eine Frau ohne ihre Hose. Haben Sie je etwas von der spanischen Inquisition gehört?
– Natürlich, sagte Pater Fahrt ungerührt. Der Glaube war in Spanien in Gefahr. Wenn ein schlimmer Wind ihnen die Kerze auszublasen droht, dann werden Sie die Kerze mit der Hand davor schützen. Vielleicht auch mit irgendeiner Art von Pappschild.
– Ein Pappschild, wiederholte Collopy höhnisch. Das waren aber schöne Pappschilder, die die Dominikaner in Spanien benutzten, diese blutrünstigen bowsies.

– Mein eigener Orden, sagte Pater Fahrt bescheiden, war unter dem Daumen der Suprema in Madrid, und doch erhebe ich keine Klage.
– Nun, das ist aber nett von Ihnen, Pater. Ihr eigener Orden wurde von diesen wüsten Raufbolden in Mönchskutten herumgestoßen, und Sie erheben keine Klage, Sie sitzen ruhig da mit einem Glas Whiskey in der Hand. Bei Gott, Sie sind das Muster eines bescheidenen, anständigen Menschen, Gott segne Sie!
– Ich wollte nur sagen, Collopy, daß wir manchmal alle leiden müssen, wenn gefährliche Übel ausgerottet werden müssen.
– Und was soll das, Pater? Ist denn Leiden nicht etwas Herrliches?
– Angenehm ist es nicht, aber heilsam.
– Sie haben aber auch auf alles eine Antwort. »Glaubst du an den wahren Glauben?« »Nein.« »Also gut. Achthundert Peitschenhiebe.« Wenn das die katholische Kirche ist, braucht man sich da zu wundern, daß es eine Reformation gab? Dreimal hoch für Martin Luther!
Pater Fahrt war schockiert.
– Collopy, bedenken Sie, daß Sie selber zur wahren Herde gehören. Eine solche Rede ist skandalös.
– Die wahre Herde? Wirklich? Und gehören der Bürgermeister und die anderen Schwindler im Rathaus nicht auch dazu? Und wie benehmen sie sich? – Sie töten unglückliche Frauen.
– Hören Sie damit auf.
– Bis zu meinem Sterbetag werde ich nicht davon aufhören, erwiderte Collopy heftig. Achthundert Peitschenhiebe dafür, daß man nach bestem Gewissen die Wahrheit sagt? Wovon rede ich denn überhaupt – die

heiligen Brüder in Spanien verkündeten den wahren Glauben, indem sie den unglücklichen Juden glühende Nägel in den Rücken trieben.
– Das ist Unsinn.
– Und ihnen die Hoden mit kochendem Wasser verbrühten.
– Sie übertreiben, Collopy.
– Und Stacheldraht oder so etwas Ähnliches ihnen in den Na-Sie-wissen-schon trieben. Und das alles zur größeren Ehre Gottes – ad maiorem dei gloriam –, um Ihren eigenen Wahlspruch zu gebrauchen, Pater.
– Um Himmels willen, Collopy, nehmen Sie doch Vernunft an, sagte Pater Fahrt mit ruhiger und trauriger Stimme. Ich weiß nicht, wo Sie diese phantasievollen und törichten Dinge gelesen haben.
– Pater Fahrt, sagte Mr. Collopy in ernstem Ton. Sie mögen die Reformation nicht. Vielleicht gefällt sie mir selber auch gar nicht so sehr. Aber es waren unsere eigenen Leute, diese Raufbolde in Spanien und so, die sie verschuldet haben. Sie nannten anständige Männer Ketzer, und um sie zu heilen, hielten sie ein Streichholz dran. Ich will schon gar nichts von all den üblen Päpsten sagen mit ihren Armeen und ihrem Kirchenstaat; Gräfinnen und Nonnen haben sie auf den Scheiterhaufen gebracht, und ganz Italien war mit ihren Bastarden übersät, und nichts hatten sie im Kopf als Hintertreppenintrigen und Korruption an den Höfen von Gott weiß wieviel anständigen ausländischen Königen. Ist das keine Tatsache?
– Es ist keine Tatsache, Collopy. Die Reformation war eine Glaubensrevolution, sie war, und ich zweifle nicht daran, von Satan selbst angezettelt. Sie hatte nichts zu

tun mit vorübergehenden menschlichen Schwächen im Papsttum oder sonstwo.

– Nein, was Sie nicht sagen, höhnte Mr. Collopy.

– Ja, das behaupte ich. Ich hasse keinen Menschen, nicht einmal Luther. Tatsächlich hat er sich durch seine Bibelübersetzung das Verdienst erworben, meine eigene Sprache eigentlich geschaffen zu haben, die schöne deutsche Sprache. Aber er war vom Teufel besessen. Er war ein Häretiker. – Häresiarch wäre das bessere Wort. Und als er 1545 starb –

– Entschuldigen Sie, Pater Fahrt.

Ich war zutiefst erschüttert, als ich hörte, wie mein Bruder sie unterbrach. Er hatte diese hitzige Unterredung verfolgt, ohne das zu verbergen, aber daß er sich nun einmischte, schien mir eine ganz unvorstellbare Unverschämtheit. Auch Mr. Collopy und Pater Fahrt waren offensichtlich überrascht. Sie schwenkten beide die Köpfe herum und sahen ihn an.

– Ja, mein Junge? sagte Pater Fahrt.

– Luther starb nicht 1545, sagte mein Bruder. Es war 1546.

– Nun, nun – aber – vielleicht hast du recht, sagte Pater Fahrt gutmütig. Vielleicht hast du recht. Ach, mein armer alter Kopf – ich habe nie ein gutes Gedächtnis für Zahlen gehabt. Nun, Collopy, ich sehe, Sie haben einen Theologen in der Familie.

– Einen Historiker, sagte mein Bruder.

– Diese Richtigstellung werde ich richtigstellen, sagte Mr. Collopy eisig. Einen verflixten Grünschnabel haben wir in der Familie, der sich nicht mit der nötigen Hingabe seinen Studien hingeben will. Geben Sie mir Ihr Glas, Pater.

Wieder entstand eine Pause, während der sich mein Bruder mit gespieltem Eifer wieder seinen Studien zuwandte. Nachdem Mr. Collopy einen langen Zug aus dem frischgefüllten Glas getan hatte, sank er mit einem tiefen Seufzer in seinen derangierten Sessel zurück.
– Ich fürchte, Pater, sagte er schließlich, mit diesen Streitereien verlieren wir nur Zeit und regen uns gegenseitig auf. Diese Streitfragen sind schon vor langer Zeit geklärt worden. Man könnte uns hier für unseren Herren in Person halten, wie er mit den Schriftgelehrten im Tempel diskutiert. Die eigentliche Frage ist doch die: Was können wir unternehmen? Was kann man tun?
– Nun, Collopy, das klingt schon vernünftiger. Viel vernünftiger. Und viel realistischer.
– Quod faciamemus? Wie?
– Haben Sie schon einmal an eine öffentliche Versammlung gedacht?
– Beim Zeus, das hab ich, und wie oft schon, sagte Mr. Collopy ein wenig traurig. Ich habe lange darüber nachgedacht. Es würde keinen Zweck haben. Und wissen Sie, warum? Nur Männer gehen zu öffentlichen Versammlungen. Eine Dame würde nicht einmal tot zu einer öffentlichen Versammlung gehen. Das wissen Sie doch. Nur Prostituierte würden sich da herumtreiben. Und Männer? Wozu sind die schon gut? Die würden sich keinen Deut drum kümmern, wenn die Frauen wie Fliegen auf der Straße stürben. Für die sind Frauen nur für zweierlei gut – entweder mit ihnen ins Bett zu gehen oder sie halb tot zu prügeln. Ich habe schon daran gedacht, mir die Unterstützung dieser neuen Gälischen Liga zu sichern, aber ich fürchte, das ist auch nichts anderes als so ein Haufe von Bauernlümmeln. Sie wür-

den diese Krise in unserem nationalen Leben nicht verstehen. Sie würden mich nur für einen alten Schmutzfinken halten und nach der Polizei schreien.
– Hm.
Pater Fahrt runzelte angestrengt die Stirn.
– Wie wäre es damit, einmal bei der Regierung vorstellig zu werden. Die könnte doch auf die Stadtverwaltung einen Druck ausüben.
– Und ich könnte eingesperrt werden. Ich bin doch nicht verrückt!
– Ach so. In Politik bin ich nicht so bewandert.
– Ich will 'nen Besen fressen, wenn ich daran etwas finde, was mit Politik zu tun hat, aber diese brutalen Kerle in der Burg nehmen jeden Iren wegen Landesverrat fest, wenn seine Hosen nur ein wenig sacken oder er vergessen hat, sich zu rasieren. Aber etwas anderes ist mir eingefallen. . . .
– Was denn, Collopy?
– Warum könnte man die ganze skandalöse Situation nicht von der Kanzel herab geißeln?
– Oh . . . du meine Güte.
Pater Fahrt lachte leise, melodiös und höhnisch.
– Die hauptsächlichen Anliegen der Kirche, Collopy, sind Glaube und Moral. Ihre Anwendung auf das tägliche Leben ist weitreichend, aber ich fürchte, Ihr spezielles Problem liegt weit außerhalb des kirchlichen Einflußbereiches. Wir könnten eine solche Sache unmöglich in der Kirche behandeln. Es könnte sogar zu einem Skandal Anlaß geben. Wenn ich in der Universitätskirche über diesen Gegenstand spräche, so weiß ich genau, was der Pater Superior dazu sagen würde, ganz zu schweigen von seiner Exzellenz, dem Herrn Erzbischof.

– Aber, hören Sie mal...
– Nein, nein, Collopy, Ecclesia locuta, causa finita est.
– Also gut, so ist es ja wohl einmal, sagte Mr. Collopy müde und resigniert. Die Kirche hält sich die täglichen Nöte und Mühen ihrer Gläubigen weit genug vom Leib, aber, bei Gott, das war in den Zeiten der Verfolgung anders, als der arme Paddy Whack am Sonntagmorgen auf dem Grabenrand Ausschau nach Soldaten hielt, während die zerlumpten Bauernschelme unten mit dem Priester das Ave Maria auf Irisch beteten. Sie werden zu fein, Pater, Sie und Ihre Kirche.
– Ich fürchte, es gibt so etwas wie das Kanonische Recht, Collopy.
– Es gibt in diesem Land überhaupt viel zuviel Recht. Ich habe sogar schon daran gedacht, mit den Freimaurern Fühlung zu nehmen.
– Das will ich nicht hoffen. Es ist eine Sünde, mit diesen Leuten etwas zu tun zu haben. Sie verachten den Heiligen Geist.
– Aber wahrscheinlich verachten sie die Frauen nicht, so wie dieser verdammte Oberbürgermeister und seine Stadtverwaltung.
– Es gibt ein Heilmittel, das Sie sicher noch nicht versucht haben, Collopy.
Hier kratzte sich Pater Fahrt wieder heftig.
– Das glaube ich auch. Wahrscheinlich gibt es noch Tausende. Was ist denn dieses eine Heilmittel?
– Gebet.
– *Was?*
– Gebet.
– Gebet? Ich verstehe, vielleicht können wir das auch

mal versuchen, man kann nie wissen. Mit Gebet kann man Berge versetzen, wie man sagt, aber ich versuche ja nicht, Berge zu versetzen. Ich versuche, dem Oberbürgermeister eine Bombe unter den Hintern zu legen. Aber ich habe noch eine Idee – ein bißchen weit hergeholt – und verdammt – ich bin nicht sicher, ob sie Erfolg hätte. Ich müßte Fürsprecher haben – nur ein Wort an oberster Stelle – viel Takt und plawmaus. Vielleicht ein Wort der Zustimmung von seiner Exzellenz. Vielleicht würde es die vollständige und endgültige Lösung des ganzen schrecklichen Problems bedeuten. Wenn etwas daraus würde, ich machte zum Dank eine Pilgerfahrt nach Lough Derg.

– Wenn Sie so weit gehen wollen, sagte Pater Fahrt lächelnd, dann müssen Sie ja beinahe ein Wunder erwarten. Und was ist das für eine Idee?

– Straßenbahnen, Pater, Straßenbahnen. Ich weiß nicht, wieviel verschiedene Linien wir in der Stadt haben, aber wir wollen einmal annehmen, es sind acht. Eine Straßenbahn in jeder Richtung jeder Linie würde genügen, also sechzehn Wagen im ganzen. Alte Wagen, die repariert und neu gestrichen wären, würden genügen.

– Ist das Ihr Ernst, Collopy, Straßenbahnen?

– Ja, Straßenbahnen, sie müßten kenntlich gemacht sein, am besten ganz schwarz gestrichen, vorn und hinten nur ein Schild – nur das eine Wort: Frauen. Verstehen Sie? Kein Mann würde es wagen, einen zu betreten.

– Gut, gut. Wenigstens ist die Idee neu. Würde es etwas kosten?

– Wahrscheinlich würde der Fahrpreis im Anfang einen Penny betragen. Es wäre zu idealistisch, von Anfang an freie Fahrt zu verlangen. Aber wenn die Wagen erst einmal laufen, könnte man eine Bewegung in Gang bringen, die im Namen der Menschlichkeit die Aufhebung der Gebühr verlangt.

– Ich verstehe.

– Ich wäre froh, wenn Sie sich das einmal überlegten, Pater. Stellen Sie sich vor: ein Herr und eine Dame gehen die Straße entlang und haben Lust, einen Spaziergang durch den Phoenixpark zu machen. Gut. Aber zuerst muß noch etwas erledigt werden. Sie warten an einer Tramhaltestelle. Die Dame steigt ein und fährt allein davon. Und das Allerschönste an dem Plan ist dies: Sie kann eine gewöhnliche Tram zurück nehmen, um ihren wartenden Freund wieder zu treffen. Kapieren Sie?

– Ja, ich glaube, ich habe verstanden.

– Ach Pater, Sie wissen nicht, wie teuer meinem Herzen dieser Kampf ist, und welcher Frieden sich auf mein Haupt senken wird, wenn er glücklich und für immer bestanden ist. Ehrenmänner sollten für die Frauen einstehen – ist es nicht so? Für das schwächere Geschlecht. Hat Gott sie nicht ebenso erschaffen wie Sie und mich, Pater?

– Gewiß.

– Also, warum lassen wir ihnen dann nicht Gerechtigkeit widerfahren? Ich will sagen: Sie und ich, wir können ganz einfach in eine Kneipe gehen –

– Verzeihung, Collopy. Ich zum Beispiel, kann nicht in ein Wirtshaus gehen. Sie haben noch nie in Ihrem Leben einen Priester in der Kneipe gesehen.

– Also, ich kann in eine Kneipe gehen, und tatsächlich tue ich das ziemlich oft.

– Schon gut, Collopy, Sie sind voller Ideen, aber ich muß jetzt gehen. Ich habe gar nicht gemerkt, wie spät es schon ist.
– Gut. Aber Sie kommen doch bald wieder? Lassen Sie sich das, was ich Ihnen gesagt habe, durch den Kopf gehen. Darf ich Ihnen noch ein Gläschen zum Abschied eingießen?
– Nein, vielen Dank, Collopy. Gute Nacht, ihr Burschen. Und paßt auf die griechischen Artikel auf!
Im Chor: Gute Nacht, Pater Fahrt.
Er ging würdig davon, Mr. Collopy wie eine Ehrengarde hinter ihm her.

VI

Es war ein trüber Herbsttag gewesen, und am frühen Abend kam mir der Gedanke, daß das Wetter gerade richtig sei, um im Kanal nach Forellen zu angeln. Die Angelrute, die ich besaß, war primitiv, aber ich hatte Haken von der genau richtigen Größe, die ich in einer Schublade im Schlafzimmer aufbewahrte. Ich holte also die Rute hervor und ging nach oben, um nach einem Haken zu suchen. Zu meiner Überraschung war die Schublade voll von Postanweisungen über Sixpence und von Briefumschlägen, die an meinen Bruder adressiert waren und auf denen er als Direktor des »Generellen Georama Gymnasiums« bezeichnet wurde. Ich beschloß, diese seltsamen Gegenstände nicht anzurühren, nahm meinen Angelhaken und ging zum Kanal hinunter. Vielleicht hatte ich nicht den richtigen Köder, jedenfalls fing ich nichts und war in einer Stunde wieder zu Hause. Mein Bruder war im Schlafzimmer und saß eifrig schreibend an einem kleinen Tisch.

– Ich war draußen angeln, sagte ich, da habe ich mir vorher hier einen Haken aus der Schublade geholt. Wie ich gesehen habe, ist sie voll von Postanweisungen über Sixpence.
– Voll ist übertrieben, sagte er munter. Es sind nur achtundzwanzig. Aber behalt es für dich.
– Achtundzwanzig – das sind vierzehn Schilling.
– Ja, aber ich erwarte noch viel mehr.
– Was bedeutet das mit dem »Generellen Georama Gymnasium«?
– Nun, so heiße ich im Augenblick.
– Was ist Georama?
– Wenn du so ein einfaches englisches Wort nicht verstehst, dann weiß ich nicht, was die Brüder in Synge Street dir beibringen. Ein Georama ist eine Kugel, die die Erde darstellt. So etwas, wie man es in Schulen hat. Es paßt gut zu generell und Gymnasium, darum habe ich es gewählt. Treten Sie dem GGG bei.
– Und wo kommen all diese Postanweisungen her?
– Von drüben. Ich habe in einer der Zeitungen eine kleine Anzeige aufgegeben. Ich will die Leute im Seiltanzen unterrichten.
– Um Gottes willen! Ist das der Zweck des Generellen Georama Gymnasiums?
– Ja. Und es ist einer der billigsten Kurse der Welt. Es gibt viele Menschen, die gern aufs Seil gehen und sich produzieren möchten. Manche wollen auf diese Weise bloß Geld verdienen und bei einem großen Zirkus schnell zu einem Vermögen kommen.
– Und du bringst es ihnen brieflich bei?
– Nun, ja.
– Und wenn jemand tödlich verunglückt?

– Dann ist das eben ein Unglücksfall. Aber es ist sehr unwahrscheinlich. Ich glaube nicht, daß irgendeiner von ihnen den Mut aufbringt, aufs Seil zu gehen, wenn es einen gefährlichen Abstand vom Boden hat. Wenn sie jung sind, werden die Eltern es schon verhindern. Wenn sie alt sind, werden Rheuma, Nerven und verbrauchte Muskeln es unmöglich machen.
– Willst du etwa sagen, daß du diesen Leuten einen Briefkurs erteilst?
– Nein, sie bekommen ein Exemplar meines vier Seiten langen Heftes mit Anweisungen. Kostet nur Sixpence. Es ist praktisch umsonst. Ein Päckchen Zigaretten und eine Schachtel Zündhölzer wären fast ebenso teuer, und kein Stäbchen kann dir einen solchen Genuß bieten wie der Gedanke, auf dem Seil zu gehen.
– Das sieht mir ganz nach Schwindel aus.
– Unsinn. Ich bin nur ein Buchhändler. Die wertvollen Anweisungen und Erklärungen sind von Professor Latimer Dodds verfaßt. Und er hat Warnungen vor eventuellen Gefahren nicht vergessen.
– Wer ist Professor Latimer Dodds?
– Ein ehemaliger Trapez- und Seilkünstler.
– Ich habe nie von ihm gehört.
– Hier, sieh dir doch den Kurs einmal an. Ich bin gerade dabei, ihn an meine Klienten zu verschicken.
Ich nahm das schlechtgedruckte Faltblatt, das er mir reichte, und steckte es in die Tasche. Ich sagte, ich würde es später lesen und achtgeben, daß Mr. Collopy es nicht zu Gesicht bekommt. Ich wollte nicht, daß mein Bruder mir beim Lesen seines Machwerks zusähe, denn jetzt schon hatte ich Lust zu lachen. Als ich nach unten kam, war Mr. Collopy ausgegangen und Annie

war im Schlafzimmer und plauderte mit Mrs. Crotty. Ich zündete die Gaslampe an und erhielt an Ort und Stelle eine kostenlose Lektion im Gehen auf dem Seil. Die Titel- oder Umschlagseite trug die Aufschrift: Das hohe Seil – Naturgesetze aufgehoben – Haarsträubendes Schauspiel treibt Zuschauer zur Raserei – von Professor H. Q. Latimer Dodds.

Etwas tiefer stand der Titel des Gymnasiums und unsere eigene Adresse. Mein Bruder wurde nicht namentlich erwähnt, aber eine Randbemerkung sagte: Besprechungen mit dem Direktor nur nach vorheriger Übereinkunft. Ich dachte mit Entsetzen daran, daß Fremde vorbeikommen und Mr. Collopy bitten könnten, er möge sie für eine Unterredung mit dem Direktor vormerken.

Im oberen Teil der inneren Seite war ein Vorwort abgedruckt, das ich hier wörtlich wiedergebe:

›Es wäre Torheit, darauf zu insistieren, daß die periastrale Peripatese auf dem *Aes ductile* oder Drahtseil ganz einer tiefen Gefahr entbehrte, nicht nur für einzelne *membra* oder Glieder, sondern auch für den Rücken und das eigentlichste Leben selbst. Aus diesen Grunde wird der Leser höflichst angefleht, sich des ›risque majeur‹ zu enthalten, indem er sich zuerst einer allumfassenden und alles durchdringenden Untersuchung durch einen hochqualifizierten Arzt oder Chirurgen unterzieht, dazu besonderen anatomischen Verifikationen, ob die Menieresche Krankheit vorliegt, die Blutungen im Labyrinth des Ohres hervorruft, die einen schwerwiegenden Nystagmus hervorrufen und Störungen des Gleichgewichtssinnes. Wenn vermutet werden kann, daß der Schwindel seine Ursache in gastrischen

Störungen hat, so sollte man zu Potassiumbromid, Acetanilide, Bromural oder Chloral seine Zuflucht nehmen. Das Labyrinth des Ohres besteht aus einer Anzahl von Kammern, die durch Membranen getrennt sind, und aus Röhren, die in eine Flüssigkeit getaucht sind, welche sich in der Höhlung des inneren Ohres befindet und bei Säugetieren mit der Cochlea verbunden ist. Der häutige Teil des Labyrinthes besteht aus zwei kleinen Säcken, dem sacculum und utriculum, und drei halbrunden Kanälen, die sich in diese hinein öffnen. Die Nerven, die das Labyrinth versorgen, enden in einer Reihe von Zellen, die sich in haarförmigen Auswüchsen befinden, welche, wenn man sie wieder in Gruppen einteilen will, die beiden otolithischen Organe im sacculum und utriculum und die drei *Cristae* der halbrunden Kanäle bilden. In den otolithischen Organen sind die haarförmigen Auswüchse in eine Gallerte eingebettet, die Calcium Carbonate enthält. Der Zweck dieser wunderbaren Apparatur ist, soweit es sich um den Homo sapiens handelt, ihn zu einer aufrechten Haltung zu befähigen, in der er verharren kann, eine Fähigkeit, die für den Künstler auf dem hohen Seil, der sich in der Höhe weit über dem Boden befindet, höchst wünschenswert ist.‹
Ich fand, daß es eine beträchtliche Konzentration erforderte, diesen Text gewissenhaft durchzulesen. Ich weiß nicht, was er bedeutet und habe nicht den geringsten Zweifel, daß die Klienten meines Bruders es auch nicht wissen werden.
Die eigentlichen Anweisungen für das Gehen auf dem Seil waren klar genug. Vielleicht war es die eigene Erfahrung, die meinen Bruder (denn ohne Zweifel war Professor Latimer Dodds niemand anders als er) den

Rat geben ließ, ein Schlafzimmer als Szene für die ersten Übungen zu wählen. Das Seil sollte etwa einen Fuß hoch über dem Boden zwischen zwei Betten gespannt werden, die ›mit Säcken voll Zement, Steinen, Metallstücken oder anderen gewichtigen Gegenständen‹ beschwert waren. Wenn der Seiltänzernovize bereit war, seine Übungen zu beginnen, so sollten die schweren Bettgestelle von ›Freunden‹ so weit auseinandergerückt werden, wie nötig war, um die nötige Spannung herzustellen und aufrechtzuerhalten. ›Wenn sich herausstellen sollte, daß das Gewicht auf einem Bett unzureichend ist, um das Gewicht des auf dem Seil Übenden zu tragen, so sollten sich die Freunde auf dieses Bett setzen oder legen.‹ Später wurde das Training in den ›Obstgarten‹ verlegt, wo zwei nebeneinanderstehende starke Obstbäume die Pfeiler für das Seil bilden sollten, dessen Höhe allmählich gesteigert werden sollte. Die Notwendigkeit täglichen Trainings wurde eingeschärft, und ein sichtbarer Erfolg wurde (falls keine Unfälle eintraten) in drei Monaten versprochen. Gewisse diätetische Vorschriften wurden erlassen, dazu ein völliges Verbot von Alkohol und Tabak, und es wurde hinzugefügt, selbst wenn ein Schüler sich trotz aller Versuche als hoffnungsloser Versager im Seilgehen erweisen sollte, so würde er auf alle Fälle am Ende dieser drei Monate eine unermeßliche Besserung seines Gesundheitszustandes und seiner Stimmung, somit einen unanzweifelbaren Gewinn feststellen.

Da ich Mr. Collopys Schritte vor dem Seiteneingang hörte, steckte ich das Traktätchen hastig in die Tasche. Mr. Collopy hängte seinen Mantel an der Tür auf und setzte sich an den Herd.

– Ist vielleicht ein Mann wegen des Abflusses dagewesen? fragte er.
– Wegen des Abflusses? Ich glaube, nicht.
– Nun gut, so Gott will, wird er morgen kommen. Er legt ein neues Verbindungsrohr im Hof, frag nicht, warum. Er ist ein anständiger Mann mit Namen Corless, einst war er ein großer Handballspieler. Wo ist dein Bruder?
– Oben.
– Oben, wirklich? Was tut er oben. Liegt er im Bett?
– Nein. Ich glaube, er schreibt.
– Er schreibt? Ach so. Insel der Heiligen und Gelehrten. Er schreibt oben und verbraucht Gas. Sag ihm, er soll herunterkommen, wenn er schreiben will.
Annie kam aus dem Hinterzimmer.
– Mrs. Crotty möchte dich sprechen, Vater.
– Ich gehe schon.
Ich ging nach oben, um meinen Bruder zu warnen. Er nickte grimmig und stopfte ein dickes Bündel fertig frankierter Umschläge unter seinen Rock. Dann drehte er das Gas aus.

VII

Viele Monate waren vergangen, und die Situation in unserer Küche war die gleiche wie schon so oft: Mein Bruder und ich saßen am Tisch und webten am Tuch der Gelehrsamkeit, während Mr. Collopy und Pater Fahrt behaglich am Herd saßen, den Krug, Gläser und eine Kanne mit Wasser zwischen sich.
Der Klempner Corless war vor langer Zeit gekommen und wieder gegangen, er hatte den Boden im Hinterhof

aufgewühlt und verschiedene geheimnisvolle Arbeiten durchgeführt, nicht nur auf dem Hof, sondern auch in Mrs. Crottys Schlafzimmer. Verschiedene Bretter waren für Mr. Collopy persönlich abgeliefert worden, und da diese Dinge meist vor sich gingen, während wir beide in der Schule waren, sagte uns Annie, daß das Hämmern und die Bauarbeiten im Zimmer der kranken Frau ›sehr an die Nerven gingen‹. Vielleicht war es Apathie, vielleicht Takt oder Vorsicht von unserer Seite, daß wir nie danach fragten, was denn eigentlich los sei, und auch keinerlei Neugier bekundeten. ›Vielleicht machen sie nur einen Sarg‹, sagte mein Bruder zu mir, ›und das ist natürlich ein religiöses Unternehmen. Die Leute können da sehr empfindlich sein. Wir kümmern uns besser um unseren eigenen Kram.‹

An diesem Abend hatte Mr. Collopy einen unerwarteten kleinen Schrei von sich gegeben.

– Ein Pfeifchen, Collopy, nur ein Pfeifchen.

– Und wann hat das angefangen?

– Vor vierzehn Tagen.

– Nun, wenn es Ihnen Spaß macht, kann man wohl nichts dagegen sagen, obwohl ich persönlich es für eine schlechte und schmutzige Angewohnheit halte. Ich glaube, es bewirkt auch Stärkebildung im Magen.

– Wie so vieles, sagte Pater Fahrt liebenswürdig, ist es harmlos, wenn man maßhält. Mit Gottes Hilfe hoffe ich, nicht süchtig zu werden.

Hier kratzte er sich energisch den Rücken.

– Ich habe ohne das schon ein Kreuz zu tragen. Aber der Doktor, den ich kürzlich konsultierte, meinte, ich neigte ein wenig zur Zerstreutheit, und das ist schlimm in unserem Orden. Der Pater Superior äußerte die

Ansicht, daß ich vielleicht überarbeitet sei. Ich weigerte mich, Tabletten zu nehmen, da meinte der Doktor, Tabak, mit Maß geraucht, sei auch ein gutes Beruhigungsmittel. Natürlich raucht er selber auch. Diese Pfeife war in der ersten Woche die reinste Buße. Aber jetzt tut sie mir gut. Beim Rauchen kann ich nachdenken.

– Ich werde Sie beobachten, und, wer weiß, vielleicht folge ich noch Ihrem Beispiel, Stärke hin und Stärke her. Ich brauche Ihnen wohl nicht zu sagen, daß auch ich meine Sorgen habe – meine Zerstreutheiten. Die Arbeit wächst mir über den Kopf.

– Sie werden Erfolg haben, Collopy, denn Ihre Ausdauer ist heroisch. Ein Mann, dessen Ziel es ist, den Weg der Menschheit eben zu machen, kann nicht fehlgehen.

– Ich hoffe, Sie haben recht. Geben Sie mir Ihr Glas.

– An diesem Punkt wurden die Gläser mit sakramentaler Ehrfurcht und Genauigkeit neu gefüllt.

– Es ist seltsam, sagte Pater Fahrt nachdenklich, daß Leute in meiner Stellung immer wieder die gleichen Probleme anfassen und lösen müssen, um dabei die Erfahrung zu machen, daß die Lösung nie leichter erreichbar wird. Nächste Woche muß ich in Kinnegad Exerzitien halten. Und danach Exerzitien in Kilbeggan und Tullamore.

– Hah, Kilbeggan? Daher stammt mein kleiner Krug hier, und seither ist er hundertmal neu gefüllt worden. Und auch hundertmal wieder geleert, bei Gott!

– Für Exerzitien wähle ich mir gern ein zentrales Thema. Es ist nicht immer leicht, ein wirklich gutes zu finden. Unser Orden gibt sich natürlich nicht mit Höllenfeuerpredigten ab.

Mr. Collopy nickte nachdenklich. Als er schließlich sprach, klang eine gewisse Gereiztheit mit.
– Ihr Jesuiten, Pater, sucht immer hübsche kleine ausgefallene Themen, irgendwelche theologische Spitzfindigkeiten. Die meisten von euch Burschen halten sich für Thomas Aquinas persönlich. Um Gottes willen, gibt es denn nicht die Zehn Gebote? Was wir den Dekalog nennen?
– Ach, der heilige Thomas! Ja, in seiner Summa hat er viel Interessantes über eben diesen Dekalog zu sagen. Und ebenso Duns Scotus und Nikolaus von Lyra. Natürlich sind die Zehn Gebote die Quelle.
– Ich wollte sagen, warum befolgen die Menschen in diesem Land nicht die Zehn Gebote, so wie sie dem Moses übergeben wurden? »Ehre Vater und Mutter.« Die jungen Leute von heute halten ihren Papa für einen Lumpen und ihre Mama für ein Küchentrampel. Hab ich nicht recht?
Hier fing mein Bruder an zu husten.
– Aber nein, sagte Pater Fahrt.
Auch er hustete, aber ich glaube, daran war die Pfeife schuld.
– Die jungen Leute sind wohl nur ein bißchen gedankenlos. Ich möchte glauben, Sie selber waren auch nicht besser, Collopy, als Sie noch ein junger Bursch waren.
– Das sieht Ihnen ähnlich, Pater, so etwas zu behaupten. Wahrscheinlich meinen Sie auch, ich hätte meines Nächsten Weib begehrt?
– Nein, Collopy, bestimmt nicht, als Sie noch jung waren.
– Was? Sie meinen, als ich zu einem Mann heranwuchs?

– Nein, nein, Collopy, ich habe nur Spaß gemacht.
– Meiner Treu, ich glaube nicht, daß die Zehn Gebote dazu da sind, daß ein Gesalbter des Herrn seinen Scherz damit treibt. Nie habe ich meine Hand nach einer verheirateten Frau ausgestreckt, und dabei sind zwei Ehefrauen in meinem Komitee, sehr wertvolle, ernste Seelen.
– Was für ein Unsinn! Das weiß ich doch. . .
– Sie wollen den Teufeln in der Stadt Kinnegad einen Schrecken einjagen? Es gibt ja Kneipen dort. Und wie wäre es mit einem anderen alten Bekannten: »Du sollst nicht stehlen?«
– Ein sehr vernachlässigtes Gebot.
– Nun, wenn die elenden Kneipenwirte dort nur in etwa denen in Dublin gleichen, dann sind sie die reinsten Straßenräuber. Sie verwässern den Whiskey und geben außerdem noch ein vermindertes Maß. Sie geben ein Braten-Sandwich ohne Braten darauf, nur mit ein paar Krümeln von der Kruste, die die Alte oben mit ihren dreckigen Händen vom Sonntagsbraten abgekratzt hat. Manche dieser Leute waschen sich wochenlang nicht, das ist Tatsache. Wissen Sie, warum manche dieser Damen die Messe versäumen? Sie müßten sich ja waschen. Und ihre verdammten Strümpfe stopfen.
– Sie übertreiben wie immer, Collopy.
– Und gebe falsches Zeugnis – das wollten Sie doch sagen? Es gibt Menschen in dieser Stadt, die können den Mund nicht aufmachen, ohne daß eine Flut von Lügen und Verleumdungen herausbricht. Statt in einen schönen reifen Apfel zu beißen, ziehen sie es vor, ihren Nachbarn zwischen den Zähnen zu zerreißen.
– Ja, die Zunge kann Schlimmes anrichten.

– Und Ehebruch? Der Herr bewahre uns! Reden Sie mir nicht von Ehebruch.
– Ich weiß Collopy, daß Sie sich der Frauen und ihrer Nöte annehmen. Aber ich fürchte, sie sind auch nicht alle Engel. Manchmal trifft man auch die Verführerin. Sie haben von dem reifen Apfel gesprochen. Vergessen Sie den Garten Eden nicht.
– Pah, Adam war ein verdammter Narr, ein looderamawn, ein Prahlhans, wenn Sie so wollen. Fürchtete sich vor niemandem, nicht einmal vor dem Allmächtigen. So eine Art Arme-Leute-Luzifer. Warum hat er diesem Frauenzimmer nicht gesagt, sie solle sich zum Teufel scheren?
– Entschuldigen Sie, Pater Fahrt.
Mein Herz, dieses untrügliche Barometer, tat einen Sprung nach unten. Wieder war es mein Bruder, der ältere und klügere Leute unterbrach. Sie starrten ihn an. Mr. Collopys Stirn legte sich in düstere Falten.
– Ja, Manus?
– Adams Weib im Garten Eden war Eva. Sie gebar zwei Söhne, Kain und Abel. Kain tötete Abel, aber später hatte er einen Sohn namens Henoch. Wer war Kains Frau?
– Also, sagte Pater Fahrt, über diesen Punkt hat es schon Diskussionen gegeben.
– Selbst wenn Eva eine Tochter hatte, die aber nicht erwähnt wird, so wäre diese doch Kains Schwester. Wenn sie keine Tochter hatte, so muß Kain seine eigene Mutter geheiratet haben. In beiden Fällen scheint es mir doch schwerer Inzest gewesen zu sein.
– Was für bösartige Verdrehungen der Heiligen Schrift gibst du da von dir, schrie Mr. Collopy.

– Ich frage ja nur, sagte mein Bruder trotzig.
– Gott in seiner Güte steh uns bei. Eine tüchtige Tracht Prügel, das ist das einzige, was du brauchst.
– Aber, aber, sagte Pater Fahrt begütigend. Diese Frage ist schon von den Vätern geprüft worden. Was wir heute mit dem Begriff Inzest bezeichnen, war im Fall unserer Stammeltern nicht unrecht, denn es war notwendig, wenn das Menschengeschlecht weiterbestehen sollte. Wir werden ein andermal darüber sprechen, Manus, wir beide allein.
– So ist es recht, Pater, sagte Collopy laut. Bestärken Sie ihn nur. Geben Sie der Bosheit, die in ihm steckt, noch Ihren Segen. Aber, verdammt noch mal, ich werde mit Bruder Cruppy in Westland Row sprechen. Ich werde ihm sagen –
Er unterbrach sich, und wir alle schwiegen. Jetzt hörten wir es wieder, einen schwachen Ruf aus Mrs. Crottys Zimmer.
– Ist Pater Fahrt da?
Mr. Collopy stand auf und eilte in das Zimmer, die Tür zog er fest hinter sich zu.
– Hoffentlich ist es nichts Schlimmes, sagte Pater Fahrt leise.
Wir saßen schweigend da und sahen einander an. Nach einigen Minuten kam Mr. Collopy zurück.
– Sie möchte Sie sprechen, Pater, sagte er mit leiser, fremder Stimme.
– Selbstverständlich, sagte der Priester, indem er sich erhob.
Er trat leise in das Zimmer, wo, wie ich wußte, nur eine Kerze brannte. Mr. Collopy ließ sich bekümmert in seinen Stuhl sinken, er hatte uns beide am Tisch ganz

vergessen. Mechanisch nippte er an seinem Glas und starrte durch den Rost des Herdes in die Glut. Mein Bruder stieß mich an und rollte die Augen.
– Ach, mein Gott, oh, murmelte Mr. Collopy traurig.
Er goß sein Glas wieder voll und vergaß auch Pater Fahrt nicht.
– Wir wissen weder den Tag – noch die Stunde. Alle Dinge kommen zu dem, der wartet. Zum Teufel noch mal.
Wieder versank er in Schweigen, und lange, lange Zeit war nur das Ticken des Weckers auf dem Kaminsims zu vernehmen, das wir jetzt zum erstenmal mit Bewußtsein hörten. Schließlich trat Pater Fahrt leise wieder ins Zimmer und setzte sich.
Mr. Collopy sah ihn ängstlich an.
– War es, fragte er, war es . . .?
– Sie hat ihren Frieden. Ihr harmloses kleines Konto ist geklärt. Hier sehen wir Gottes Gnade am Werk. Sie ist in Frieden. Sie lächelte, als ich sie verließ. Die Arme ist sehr krank.
– Sie . . . taten das Notwendige?
– Gewiß. Eine sanfte, geistige Tröstung bedeutet nicht den Tod. Oft folgt eine wunderbare Besserung. Ich kenne so viele Fälle.
Mein Bruder sprach.
– Soll ich Dr. Blennerhassett holen?
– Nein, nein, sagte Mr. Collopy. Er kommt heute abend sowieso.
– Wir wollen nicht vermessen sein, Collopy, sagte Pater Fahrt sanft. Wir kennen Gottes Wege nicht. Vielleicht ist sie in zwei Wochen wieder auf den Beinen. Wir sollten beten.

Aber schon nach vier Tagen war die arme Mrs. Crotty tot.

VIII

Zur Zeit von Mrs. Crottys Tod hatte das ›Geschäft‹ meines Bruders einen überraschenden Umfang angenommen. Er hatte von Davies, unserem Lebensmittelhändler eine Kiste bekommen – passenderweise eine Seifenkiste – und ging jeden Morgen sehr früh in den Flur hinunter, um, ehe Mr. Collopy etwas merken konnte, die kleine Lawine von Briefen einzusammeln, die ihn dort erwartete. Er benutzte immer noch unsere Dubliner Adresse und war jetzt nicht nur Professor Latimer Dodds, sondern auch das Excelsior Wettbüro, das, wie ich vermute, nach folgendem alten System arbeitete: man teilte die Klienten in ebenso viele Gruppen wie die Pferde, die in einem Rennen liefen, und nannte als Tip jeder Gruppe ein anderes Pferd. Ganz gleich, welches Pferd gewann, eine Gruppe der Klienten hatte darauf gesetzt, und eine der Geschäftsregeln meines Bruders war es, daß jeder Kunde, der gewann, ihm den Anteil seines Gewinns schickte, der fünf Schillinge überstieg. Er rauchte jetzt ganz offen, auch zu Hause, und mehrere Male sah ich ihn in Kneipen hineingehen und aus solchen herauskommen, meist mit irgendeinem ziemlich abgerissenen Individuum. Er hatte Geld in der Tasche.

Er leitete auch die Zenith-Schule des Journalismus, welche den Anspruch erhob, in zwölf ›klaren, analytischen, genauen und unvergleichlichen‹ Lektionen zu lehren, wie man ein Vermögen mit der Feder macht. Außerdem versuchte er, die Britischen Inseln mit einer

Abhandlung über Stubenvögel zu überschwemmen; diese Abhandlung erschien im Simplex-Naturverlag, der auch eine ›Anleitung für den Gartenbau‹ herausgab. Diese beiden Werke waren offenbar aus Material zusammengestellt, das er in der Nationalbibliothek abgeschrieben hatte. Er hatte seine kleine Druckerpresse beiseite gestellt und ließ jetzt bei einem verarmten kleinen Meister drucken, der ein paar alte Maschinen besaß. Einmal bat er mich, ihm Briefmarken zu holen, und gab mir dafür zwei Pfund; ich erwähne dies, um eine Vorstellung vom Umfang seiner Korrespondenz zu geben.

An dem Abend, als wir die sterblichen Überreste von Mrs. Crotty zur Kirche in der Haddington Road brachten, schien er schlechter Laune; er kam nachher nicht mit nach Hause, sondern ging ohne ein Wort davon, möglicherweise in ein Wirtshaus. Der nächste Morgen kam düster herauf, unfreundlich und sehr naß, das richtige Wetter, so schien mir, für ein Begräbnis. Ich dachte an Wordsworth und sein elendes Gedicht ›Traurige Täuschung‹. Mein Bruder, der immer noch schlechter Laune war, ging wie gewöhnlich nach unten, um seine Post zu holen.

– Zum Teufel mit diesem Haus und diesem Leben, sagte er, als er zurückkam. Jetzt müssen wir in diesem Mistregen auch noch nach Deansgrange wallen.

– Mrs. Crotty war nicht die schlechteste, sagte ich. Du wirst ihr doch wohl ein Begräbnis gönnen. Eines Tages wirst du auch eins nötig haben.

– Sie war schon recht, gab er verdrossen zu. Aber ihr verflixter Gatte, von dem habe ich allmählich die Nase voll.

Mr. Hanafin kam mit seiner Droschke, um mich, meinen Bruder, Mr. Collopy und Annie abzuholen. Der Leichenwagen und zwei andere Droschken warteten bei der Kirche, die Droschken waren mit geheimnisvollen Trauergästen besetzt, die flüsternd und mit pathetisch ausgestreckten Händen auf Mr. Collopy und Annie zueilten. Ich und mein Bruder wurden übergangen. Als die Messe gerade beginnen sollte, kam eine dritte Kutsche an mit drei ältlichen Damen und einem großen, ausgemergelten Herrn in tiefstem Schwarz. Diese, so erfuhr ich später, waren Mitglieder des Komitees, das Herrn Collopy in seiner Arbeit unterstützte, worin diese Arbeit bestand, wußte ich nicht.

Der Leichenwagen wählte den Weg über die Merrion Road, an der See entlang, eine Art Orkan wehte herüber. Die Droschken des Gefolges schwankten über das wettergepeitschte Gelände. Mr. Collopy, der aufrichtige Trauer zeigte, sprach wenig.

– Die arme Mrs. Crotty liebte das Meer so sehr, sagte er schließlich.

– Es scheint so, sagte Annie. Sie hat mir einmal erzählt, daß sie als junges Mädchen nicht aus der See bei Clontarf herauszukriegen war. Sie konnte schwimmen und alles.

– Ja, sie war eine vielseitige Frau, sagte Mr. Collopy. Und eine Heilige.

Ein Begräbnis an einem nassen Tag, wenn der Regen auf die Trauergäste niederpeitscht, ist einfach elend. Das gemurmelte Latein am offenen Grab schien das Wetter noch schlimmer zu machen. Mein Bruder, der sich ganz am Schluß der Trauergemeinde hielt, fluchte leise vor sich hin. Überrascht und auch ein wenig empört beob-

achtete ich, wie er heimlich eine flache Viertelliterflasche aus der Hüfttasche zog und mit verzerrtem Gesicht tiefe Schlucke daraus tat. Gewiß war das sehr unpassend bei einem Leichenbegängnis. Ich glaube, auch Pater Fahrt bemerkte es.
Als alles vorüber war und der nasse, breiige Lehm die Tote bedeckte, machten wir uns auf den Weg zum Tor. Mr. Collopy ging neben einem dicken, kurzatmigen Mann, der zu Fuß gekommen war. Als uns mitgeteilt wurde, daß dieser arme Mann ohne Fahrgelegenheit war, stellte mein Bruder großmütig seinen Platz in der Kutsche zur Verfügung; er wurde dankbar angenommen. Mein Bruder sagte, er könne sich in der Nähe ein Fahrrad borgen, aber ich war sicher, daß er mehr beabsichtigte, als sich bloß ein Fahrrad zu leihen, denn in der Kill Avenue, auch nicht weit entfernt, befand sich eine Kneipe.
Auf dem Heimweg war Mr. Collopy schon ein wenig munterer, ohne Zweifel fühlte er sich erleichtert, daß eine schmerzliche Station des Leidensweges hinter ihm lag, und er stellte uns den Fremden als Mr. Rafferty vor.
– Ich will nicht behaupten, Rafferty, sagte er, daß das Bewußte der einzige Grund für das Ableben der Verewigten war, nicht der einzige Grund, wohlgemerkt. Aber, bei Gott und allen seinen Heiligen, es hatte viel damit zu tun.
– Das will ich gern glauben, sagte Mr. Rafferty. Da kann man verdammt sicher sein. Der Herr steh uns bei, man fragt sich oft, ob dies hier wirklich ein christliches Land ist.
– Es ist ein Land von drawthumpers, von Heuchlern.

– Mir ist neulich eine Idee gekommen, Mr. Collopy. In zwei Jahren haben wir eine Stadtverordnetenwahl. Ich denke, Sie sind Hausbesitzer und als solcher deshalb wählbar. Warum lassen Sie sich nicht als Kandidat aufstellen? Sie könnten einen Antrag im Rathaus einbringen und all diese Bastarde beschämen. Der Stadtdirektor könnte veranlaßt werden, den Stadtbaumeister oder Ingenieur oder wie er sonst heißt zu beauftragen, unsere Stadt mit dem zu übersäen, was wir so nötig brauchen.
– Ich habe auch schon daran gedacht, sagte Mr. Collopy. In zwei Jahren, haben Sie gesagt? Nun, Gott allein weiß, wie viele unglückselige Frauen in dieser Zeit ein frühes Grab finden können. Ach, Menschenskind, all diese Sorgen und Mühen könnten sogar mich auf den Friedhof bringen.
– Aber, aber, schlagen Sie sich solch törichte Gedanken aus dem Kopf. Irland braucht Sie, das wissen Sie so gut wie ich.
Mr. Rafferty lehnte es höflich ab, mit nach Hause zu kommen, und wurde in Ballsbridge abgesetzt. Zu Hause zogen wir unsere triefenden Mäntel aus, Mr. Collopy stocherte das Feuer im Herd hoch, hatte schnell den Krug bereitgestellt und versank in seinem Rohrstuhl.
– Annie, sagte er, hol mir drei Gläser.
Als die Gläser dastanden, goß er ein reichliches Maß Whiskey in jedes und fügte ein wenig Wasser hinzu.
– An einem Morgen wie diesem, sagte er feierlich, und bei einem traurigen Anlaß wie diesem, glaube ich, daß jedem ein kräftiger Schluck not tut, wenn wir uns nicht bei dem Wetter den Tod holen wollen. Im allgemeinen

bin ich dagegen, daß man Alkohol zu sich nimmt, bevor man fünfundvierzig ist, aber in Gottes Namen wollen wir ihn heute als Medizin schlucken. Er ist besser als all diese Pillen und Pulver und falthalals, die die Schurken in den Apotheken einem geben, das ist nur erstklassiges Gift für Leber und Nieren.

Wir tranken darauf. Für mich war es das erste Mal, daß ich Whiskey kostete, und ich war ganz überrascht festzustellen, daß Annie die Sache ganz lässig abtat, so als sei sie an Alkohol gewöhnt. Mich machte er schläfrig, und ich beschloß, mich für ein paar Stunden hinzulegen. Ich tat es und schlief tief. Gegen fünf stand ich auf und war eben wieder in der Küche, als mein Bruder hereinkam. Mr. Collopy hatte die ganze Zeit offenbar in Gesellschaft seines Kruges verbracht und nahm nicht viel Notiz von meinem Bruder, auch nicht von der unziemlichen Tatsache, daß er betrunken war. Ich kann keinen anderen Ausdruck dafür finden: er war betrunken. Er ließ sich schwer auf einen Stuhl fallen und sah Mr. Collopy an.

– An einem Tag wie diesem, sagte er, könnte ich wohl einen Tropfen von der Herzstärkung vertragen, die Sie da haben.

– Dies eine Mal hast du wohl recht, antwortete Mr. Collopy, und wenn du dir ein Glas holst, wollen wir sehen, was sich tun läßt.

Das Glas wurde geholt und großzügig gefüllt. Mir wurde nichts angeboten, und das Trinken ging in Schweigen weiter. Annie begann, den Abendbrottisch zu decken.

– Ich glaube, sagte Mr. Collopy schließlich, es ist nicht notwendig, daß ihr beiden Jungens morgen zur Schule

geht, vielleicht auch übermorgen nicht. Trauer, wißt ihr. Die Brüder werden Verständnis dafür haben.
Mein Bruder stellte sein Glas so hart auf den Herdrand, daß es klirrte.
– Werden sie? Mr. Collopy, sagte er gereizt, werden sie das tatsächlich haben? Ich will Ihnen einmal etwas sagen: ich gehe weder morgen in diese verdammte Schule noch übermorgen noch jemals wieder.
Mr. Collopy fuhr überrascht hoch.
– Was war das? fragte er.
– Ich habe die Schule von heute an verlassen. Ich hab den Hals voll von dem dummen Quatsch, den diese madigen Christlichen Brüder von sich geben. Sie sind ungebildete Bauernlümmel, wahrscheinlich haben sie ihre Kenntnisse aus irgendeiner dreckigen Dorfschule.
– Um Himmels willen, willst du wohl Respekt vor dem Kleid dieser frommen Diener Gottes zeigen, sagte Mr. Collopy scharf.
– Sie sind keine Diener Gottes, sie sind die Sklaven ihrer eigenen sadistischen Gelüste, sie sind Scharlatane und Hochstapler und machen ihrem Kleid Schande. Sie verderben die jungen Menschen dieses Landes und sind auch noch stolz auf ihre schändlichen Machenschaften.
– Schämst du dich gar nicht?
– Ich schäme mich mehr als diese Lumpen. Jedenfalls habe ich für immer genug von der Schule. Ich will mir meinen Lebensunterhalt selber verdienen.
– Tatsächlich? Womit denn? Willst du Straßenbahnschaffner werden oder einen Brotwagen fahren oder vielleicht auf der Straße hinter den Pferden herfegen?

– Ich habe gesagt, daß ich mein Brot verdienen will. Was sage ich da? Ich verdiene es schon. Ich bin ein Verleger, ein internationaler Tutor. Sehen Sie hier!
Er hatte in der Innentasche seines Rockes gewühlt und ein ansehnliches Bündel Banknoten herausgezogen.
– Sehen Sie sich das an, schrie er. In diesem Bündel sind fünfundsechzig Pfund, und oben habe ich noch fünfundzwanzig Pfund in Postanweisungen, die noch nicht eingelöst sind. Sie haben Ihre Pension, nichts zu tun, und auch nicht den geringsten Wunsch, etwas zu tun.
– Das genügt, erwiderte Mr. Collopy mit wachsendem Zorn, das genügt voll und ganz. Du sagst, ich habe keine Arbeit. Ich weiß nicht, woher du diese Information hast, aber ich will dir etwas sagen, dir und deinem Bruder. Ich bin mit einer der dringendsten und patriotischsten Aufgaben beschäftigt, die je ein Mann in dieser Stadt zu lösen versucht hat. Ihr werdet alles darüber erfahren, wenn ich einmal nicht mehr bin. Es ist eine verdammte Unverschämtheit zu behaupten, ich arbeitete nicht. Und das bei meinem Gesundheitszustand! Weißt du das nicht?
– Davon weiß ich nichts. Ich habe die Schule verlassen, und dabei bleibt es.
Der Gegenstand schien erschöpft und wurde fallen gelassen. Es war ein anstrengender Tag gewesen, körperlich und fürs Gemüt, und sowohl Mr. Collopy als auch mein Bruder waren durch das Trinken noch elender. Später, als wir im Bett lagen, fragte mich mein Bruder, ob ich noch weiter zu den Brüdern in der Synge Street gehen wolle.
– Im Augenblick ist es vielleicht besser, sagte ich, bis ich irgendeine Stelle finde, die mir paßt.

– Wie du willst, sagte er, aber ich glaube, ich habe hier nichts mehr zu suchen. Eine Adresse in Irland ist überhaupt nichts wert. Die Briten mögen sie nicht und werden mißtrauisch. Für sie wohnen alle ehrlichen und tüchtigen Leute in London. Ich werde mir diese Tatsache durch den Kopf gehen lassen.

IX

In dem Jahr, das auf Mrs. Crottys Tod folgte, änderte sich die Atmosphäre im Haus ein wenig. Annie trat irgendeinem kleinen Verein bei, dessen Mitglieder sich wahrscheinlich hauptsächlich aus Frauen zusammensetzten, die sich jeden Nachmittag trafen, um Karten zu spielen und Haushaltsangelegenheiten zu besprechen. Sie schien – o Wunder – aus ihrem Schneckenhaus herauszukommen. Mr. Collopy nahm mit erneuter Entschlossenheit seine geheimnisvolle Tätigkeit wieder auf. Nicht selten fanden in unserer Küche Versammlungen seines Komitees statt, nachdem vorher jedem mitgeteilt worden war, daß das Beratungszimmer an diesem Abend von Unbefugten nicht betreten werden durfte. Von einem Fenster des oberen Stockwerks aus beobachtete ich manchmal die Ankunft seiner Ratgeber. Es waren zwei ältliche Damen und der große, hagere Mann, der beim Begräbnis gewesen war, dazu Mr. Rafferty mit einer jungen Dame, die mir, wenigstens aus der Entfernung, hübsch vorkam.

Mein Bruder schritt von Erfolg zu Erfolg und erreichte schließlich jene Stufe von Wohlstand, die dadurch gekennzeichnet ist, daß man Anleihen macht, um das Geschäft zu vergrößern. Aus gewissen Mitteilungen und Überlegungen, die ich selbst angestellt hatte, wurde mir klar, daß er kurzfristig vierhundert Pfund zu einem Zinssatz von zwanzig Prozent geliehen hatte. Ein schneller Umsatz, bei noch so geringem Gewinn – das war das Geschäftsprinzip meines Bruders. Er hatte zufällig gelesen, daß in einem alten englischen Landhaus eintausendfünfhundert Exemplare einer zweibändigen Monografie über Miguel de Cervantes Saavaedra, sein Werk und seine Zeit in englischer Übersetzung, gefunden worden waren. Die Bände waren sehr elegant in Leder gebunden und hübsch illustriert; der erste Band enthielt eine Darstellung des Lebens des Cervantes, der zweite Auszüge aus seinen Hauptwerken. Diese Bände waren im Jahre 1813 in Paris gedruckt und erschienen, wahrscheinlich mit einer anderen Sendung zusammen nach England verfrachtet, dort auf Lager gelegt und vergessen worden. Ein Londoner Buchhändler hatte das Ganze dann billig aufgekauft, und mein Bruder hatte an ihn geschrieben und ihm drei Schillinge sechs Pence pro Doppelband für die ganze Auflage geboten. Damals schien diese ganze Transaktion mir sehr leichtfertig, denn man konnte doch wohl annehmen, daß der Londoner eine klare Vorstellung von der Marktlage hatte. Aber wieder einmal schien mein Bruder zu wissen, was er tat. Unter dem Firmennamen des Simplex Natur-Verlages gab er Anzeigen in englischen Zeitungen auf, in denen Inhalt und Aufmachung des Werkes überschwenglich gepriesen wurden und in denen der Öffentlichkeit ein erstaunlich großzügiges Angebot gemacht wurde: Wer Band I für sechs Schillinge sechs Pence kaufte, bekam Band II völlig kostenlos dazu. Dieses Angebot war von begrenzter Dauer und konnte nicht wiederholt werden. Er bekam nicht weniger als zweitausendfünfhundert Anfragen, nicht wenige von Universitätsinstituten – und noch oft hat er später dieses Prinzip der Reklame angewandt: etwas umsonst anzubieten. Dieser Handel brachte ihm einen Reingewinn von hundertundzwanzig Pfund. Indirekt wurde auch ich betroffen, denn als die Holzkisten mit jenen Memoiren des Cervantes einzutreffen begannen, deutete er höflich an, daß ich mein Bett und mein übriges Eigentum in ein anderes, leerstehendes Zimmer schaffen sollte, denn der ursprüngliche Raum sei jetzt nicht nur sein Schlafzimmer, sondern auch sein »Büro«. Ich hatte nichts gegen diesen Umzug einzuwenden. Unglücklicherweise kamen die vier ersten Kisten an, als weder mein Bruder noch ich zu Hause waren, und Mr. Collopy mußte ihren Empfang bescheinigen. Ich kam als erster nach Hause und fand sie in der Küche gestapelt. Mr. Collopy blickte mich mit finsterer Miene von seinem Sessel aus an.

– Sag mir in Gottes Namen, was der Schlingel jetzt wieder vorhat.

– Ich weiß nicht. Ich glaube, daß Bücher in den Kisten sind.

– Bücher? Also, was sind das denn für Bücher, mit denen er hausieren geht? Anstößige Bücher?

– Oh, das glaube ich nicht. Es könnten Bibeln sein.

– So, und das soll ich wohl glauben? Du hast gehört, was er vor ein paar Monaten über die frommen und gottesfürchtigen Christlichen Brüder sagte. Und jetzt, zum Teufel, will er wohl die Mohren im schwarzen Afrika oder vielleicht gar die Indianer bekehren. Nun, es besteht wohl kein Zweifel, daß dies Land hier seltsa-

me Charaktere hervorbringt. Ich glaube nicht, daß er das geringste über das Wort Gottes weiß. Ich bin nicht mal sicher, daß er seine Gebete richtig kann.
– Das mit der Bibel war nur eine Vermutung, widersprach ich.
Mr. Collopy war aufgestanden und suchte im Schrank nach seinem Krug und einem Glas. Mit beidem versehen, setzte er sich wieder.
– Wir werden ja sehen, was drin ist, verkündete er streng, und wenn es schmutzige Bücher sind, leichtfertiges Herumstreifen an den Grenzen schmutziger Unschicklichkeit, Kloakenspritzer ins Gesicht der Vorsehung mit Bildern von Prostituierten in ihren Pelzen – dann fliegen sie aus diesem Haus hinaus, und ihr Eigentümer mit ihnen. Das kannst du ihm sagen, sobald du ihn siehst und ich würde Pater Fahrt bitten, alle teuflische Befleckung aus dieser Küche auszutreiben und das ganze Haus auszusegnen. Hörst du, was ich sage?
– Ja, ich höre.
– Wo ist er jetzt?
– Ich weiß es nicht. Er hat sehr viel zu tun. Vielleicht ist er beichten gegangen.
– Was sagst du da?
– Vielleicht hat er einen Geistlichen aufgesucht wegen irgendeiner kniffligen theologischen Frage.
– Also, ich werde ihn schon kneifen, wenn er sich irgendwelche Kniffe ausgedacht hat. Dies hier ist ein gottesfürchtiges Haus.
– Ich setzte mich hin, um an meine verhaßten Hausaufgaben zu gehen; ich hoffte, um acht frei zu sein und ein paar andere Jungens zum Kartenspiel zu treffen. Mr.

Collopy saß still bei seinem Whiskeyglas, nippte von Zeit zu Zeit daran und starrte in die Glut.
An diesem Abend kam ich gegen elf nach Hause. Von Mr. Collopy oder den aufgestapelten Kisten fand sich keine Spur. Am andern Morgen hörte ich, daß Mr. Collopy früh zu Bett gegangen war und daß mein Bruder, als er um zehn nach Hause kam, Mr. Hanafin geholt hatte, der ihm half, die Kisten in sein Büro hinaufzuschleppen. Ohne Zweifel hatte es zur Belohnung ein schönes Trinkgeld gegeben, und außerdem legte ein benutztes Glas im Ausguß den Gedanken nahe, daß entweder Mr. Hanafin oder mein Bruder persönlich eine weitere Entschädigung aus dem Krug erhalten hatte. Ich berichtete dem letzteren, bevor ich mich auf den Schulweg machte, von Mr. Collopys düsterem Verdacht wegen der Bücher und seiner Drohung, ihn aus dem Haus zu werfen. War Cervantes ein unmoralischer Schriftsteller?
– Nein, sagte mein Bruder grimmig, aber ich werde sowieso nicht mehr lange hier sein. Ich glaube, ich weiß schon, wie ich dem alten Satan eins auswischen kann. Sieh dir die Bücher einmal an.
Es waren dicke Oktavbände, altmodisch, aber wirklich schön, und sie enthielten viele klare Bilder in Holzschnittmanier. Sicherlich waren sie ihre sechs Schillinge und sechs Pence wert, selbst wenn man sie nur zur Zierde ins Bücherbord stellte.
Am Nachmittag schrieb mein Bruder voller List eine Widmung an Mr. Collopy in je einen der Bände und übergab sie ihm feierlich in der Küche.
– Zuerst, so erzählte er mir, war Mr. Collopy besänftigt, dann war er entzückt und sagte, ich hätte einen

wirklich guten Geschmack. Cervantes, so sagte er, sei der Aubrey de Vere Spaniens, sein Don Quixote, ein unsterbliches Meisterwerk der Klassik, ganz sicher vom Allmächtigen inspiriert. Er sagte, ich solle ja nicht vergessen, Pater Fahrt ein Exemplar zu schicken. Ich mußte lachen. Da hab ich also gleich zwei auf meine Seite gebracht. Kannst du mir ein wenig beim Packen helfen? Ich hab eine ganze Ladung Packpapier gekauft.
Was blieb mir anderes übrig, als ihm zu helfen?
Es war eine Eigenschaft meines Bruders, niemals stillzustehen oder im Rudern innezuhalten. Schon nach wenigen Tagen war er in seiner privaten Mine, der Nationalbibliothek, an der Arbeit.
Nach ein paar Wochen erbat er meine Meinung über drei Manuskripte, die er dort zusammengeschrieben hatte und die als kleine Bücher im Simplex Natur-Verlag erscheinen sollten. Das erste waren die ›Oden und Epoden des Horaz, in englische Prosa übertragen von Dr. Calvin Knottersley, D. Litt (Oxon)‹; das zweite war ›Klinische Notizen zu Potts Lehre über Knochenbrüche von Dr. Ernest George Maude, Dr. med., F.R.C.S.‹; das dritte war ›Schwimmen und Tauchen. Eine männliche und edle Kunst, von Lew Paterson‹. Es war mir klar, daß in diesen Aufsätzen die Arbeit anderer Leute wiedergekaut war, aber ich versagte mir jeden Kommentar außer der Warnung, daß es töricht sei, Dr. Maude zu einem Mitglied der Königlichen Akademie der Ärzte zu machen. Es bestand sicher eine Liste der Mitglieder, und irgend jemand würde Dr. Maude darin suchen.
– Wie willst du wissen, sagte mein Bruder, daß es nicht wirklich ein Mitglied namens Maude gibt.
– Um so schlimmer, gab ich zur Antwort.

X

An einem scheußlichen Abend saßen wir wieder in der Küche, Mr. Collopy und ich. Er hing lässig in seinem ramponierten Sessel am Herd und las die Zeitung. Ich saß am Tisch und stümperte träge an meinen Hausaufgaben herum. Manchmal machte ich eine Pause, um darüber nachzudenken, wie ich Arbeit finden könnte. Ich hatte diese Zeitverschwendung, die man Studium nannte, wirklich satt, mir schien sie nur ein zielloses Herumtrödeln mit Dingen, die mich nichts angingen, und ich beneidete meinen Bruder um sein freies, beinahe fröhliches Leben. Ich konnte spüren, wie er an Reife zunahm, ich konnte seine Entschlossenheit spüren, Geld zu machen, so schnell wie möglich und ohne unangebrachte Skrupel wegen der Methoden, die er anwandte. An diesem Abend war er ausgegangen, wahrscheinlich besprach er in einem Wirtshaus irgendeinen neuen Plan. Auch Annie war ausgegangen.

Es klopfte, und ich öffnete Pater Fahrt die Tür. Mr. Collopy begrüßte ihn, ohne sich zu erheben.

– N'Abend, Pater. Ist das nicht ein Wetter zum Krankwerden?

– Ach ja, Collopy, aber wir hatten einen guten Sommer, Gott sei Dank! Übrigens gehen wir beide ja sowieso nicht viel aus.

– Ich glaube, wir haben ein Tröpfchen gegen die Kälte verdient, Pater.

Während Pater Fahrt seine Pfeife hervorholte, die ihm ein lieber Tröster geworden war, stemmte Mr. Collopy sich hoch, ging zum Schrank und holte den Krug und zwei Gläser, dann brachte er noch eine Kanne mit Wasser.

– So, sagte er.
Die Gläser wurden gefüllt, der Whiskey wurde vorsichtig gekostet.
– Ich muß Ihnen etwas Komisches erzählen, Pater, sagte Mr. Collopy, etwas verdammt Komisches. Sie werden lachen. Wir hatten am vergangenen Mittwoch eine Komiteeversammlung. Mrs. Flaherty war da, sie erzählte uns von ihrer Freundin Emmeline Pankhurst. Das ist mir vielleicht eine Draufgängerin, aber sie hat gänzlich und völlig recht. Sie wird diesen Schurken, diesen Lloyd George, noch zu Boden zwingen. Ich bewundere sie.
– Sie hat Mut, sagte Pater Fahrt zustimmend.
– Aber warten Sie, bis Sie es gehört haben. Als wir schließlich zu unserer eigenen Sache kamen, über Mittel und Wege usw. berieten, da kommt die kühne Mrs. Flaherty mit ihrem Plan. Wir sollen eine Bombe unter das Rathaus legen!
– Der Herr steh uns bei!
– Wir sollen die Lumpen alle miteinander in die Luft jagen. Sie niedermetzeln. Sie in Stücke sprengen. Wenn sie sich weigern, den Steuerzahlern und der Menschheit gegenüber ihre Pflicht zu tun. Sie verdienen nicht zu leben. Wenn sie im alten Rom lebten, würde man sie kreuzigen.
– Aber Collopy, ich dachte, Sie seien gegen Gewalttätigkeiten.
– Vielleicht, Pater, vielleicht. Aber nicht Mrs. Flaherty. Die würde diese heuchlerischen Stadtväter im Handumdrehen umbringen. Sie ruft nach Taten.
– Also, Collopy, ich denke doch, daß Sie sie von der richtigen Haltung überzeugt haben – von Ihrer eigenen Haltung. Agitation, ständiges Hinweisen auf die wah-

ren Zustände, Geißelung der Nachlässigkeit der städtischen Behörden, Aufwiegeln der öffentlichen Meinung. Auf diesem Wege könnte Mrs. Flaherty viel erreichen, jetzt, da sie sich frei bewegen kann, sie könnte kaum etwas tun, wenn sie im Gefängnis säße.

– Sie wäre nicht die erste in diesem Land, Pater, die für ein Ideal ins Gefängnis geht. Einige Leute hier haben schon eine Gewohnheit daraus gemacht.

– Um die Öffentlichkeit in Bewegung zu bringen, muß man sich in der Öffentlichkeit befinden. Die Menschen müssen einen sehen.

– Wie würde die Kirche über Mrs. Flahertys Plan denken?

– Er würde ohne Zweifel strengste Ablehnung und Verurteilung erfahren. So etwas wäre schwere Sünde. Ich glaube, man könnte es als Mord bezeichnen. Es ist ungesetzlich zu töten, um öffentliche Mißstände und Vernachlässigungen abzustellen. Mord ist niemals berechtigt. Man muß auf Wahlen und Abstimmungen vertrauen, nicht auf Blutvergießen.

– Ich fürchte, Pater, das ist ein Evangelium für Küken und junge Gänse. Meine Vorfahren waren tapfere, starke Männer. Und wie ist das mit den Märtyrern der christlichen Frühzeit? Sie zögerten nicht, ihr eigenes Blut zur Verteidigung eines Grundsatzes zu vergießen. Geben Sie mir Ihr Glas.

– Der Vergleich stimmt natürlich nicht. Danke.

– Nun hören Sie einmal, Pater, hören Sie genau zu. Wir stehen in der ersten Hälfte des November. Im Jahre 1605 verfolgte Jakob der Erste in England die Katholiken, warf sie ins Gefängnis und nahm ihr Eigentum. Es war teuflisch, schlimmer als zur Zeit der

Elisabeth. Die Katholiken wurden wie die Hunde behandelt und ihre Priester wie die Schweine. Man hätte an die römischen Kaiser denken können, nur, daß ein Prahlhans wie Nero sich wenigstens noch rühmen konnte, etwas für das öffentliche Vergnügen zu tun. Also, was geschah?

– Jakob war ein verachtenswerter Monarch, sagte Pater Fahrt zögernd.

– Ich will Ihnen sagen, was geschah. Ein Mann namens Robert Catesby sagte sich, daß er genug habe und dies Benehmen nicht länger dulden wolle. Und er kam auf denselben Plan wie Mrs. Flaherty. Er faßte den Plan, das Parlamentsgebäude in die Luft zu sprengen und den ganzen verdammten Haufen von Schurken, seine Majestät eingeschlossen, in die Luft zu jagen. Ich weiß, welchen Dank er Ihnen sagen würde, wenn Sie ihm sagten, er solle auf Wahlen und Abstimmungen vertrauen. Er würde Sie ohrfeigen und Ihnen das Knie in den Bauch stoßen. Gedenke, gedenke des fünften November.

– Sie lebten natürlich in einem anderen Zeitalter, sagte Pater Fahrt.

– Recht und Unrecht ändern sich nicht mit der Zeit, das wissen Sie so gut wie ich, Pater. Catesby hatte Guy Fawkes zur Seite, einen tapferen Mann, der in Flandern kämpfte. Und Grant und Keyes und die beiden Winters, jede Menge vernünftiger Männer, und alle Katholiken. Fawkes war das Herz und die Hand der ganzen Bande. Er brachte es fertig, anderthalb Tonnen Schießpulver in einem Keller unter dem Parlamentsgebäude unterzubringen. Aber es gab noch zwei andere Männer, die die ganze Zeit Hilfe leisteten und dazu sagten: Gott

segne das Werk. Ich meine Greenway und Garnet. Wissen Sie, was die waren, Pater?
– Ich denke doch.
– Natürlich wissen Sie es. Es waren Jesuiten, oder?
– Mein lieber Mann. Auch Jesuiten können Fehler machen. Sie können sich irren. Sie sind Menschen.
– Aber, als Guy Fawkes entdeckt wurde, irrten sie sich wohl nicht. Sie machten sich davon wie geölte Blitze; Pater Greenway und einem anderen Priester gelang es, in ein gesünderes Land zu entkommen. Pater Garnet war nicht so flink. Er wurde geschnappt, und für seine Mühe schenkte man ihm eine Rolle Hanfseil – hoch am Galgen droben.
– Ein Märtyrer für den Glauben natürlich, sagte Pater Fahrt ungerührt.
– Und Fawkes. Er wurde Torturen unterzogen, wie man sie eigentlich nur in der Hölle selbst kennt, um die Namen der anderen aus ihm herauszuquetschen. Aber, verdammt noch mal, er sagte nichts. Aber als er hörte, daß Catesby und ein paar aus seinem Verein verfolgt, gefangen und getötet worden waren, da brach er zusammen und legte eine Art Geständnis ab. Aber wissen Sie was? Als dieser Unsinn zum Unterschreiben vorgelegt wurde – Sie können es glauben oder auch nicht –, da konnte er es nicht. Die Folter hatte ihn unfähig gemacht. Seine Hände waren in den Daumenschrauben kurz und klein gebrochen. Nun, was halten Sie davon?
– Die Folter, die Fawkes so heldenhaft erduldete, sagte Pater Fahrt, war, wie allgemein zugegeben wird, von einer empörenden Grausamkeit, die schlimmste Folter, die ein Menschengehirn sich ausdenken kann. Man

nannte sie per gradus ad ima. Er wurde ihr auf direkten Befehl des Königs unterzogen. Er war sehr tapfer.
– Ich brauche Ihnen nicht zu sagen, daß er mit ein paar anderen Männern dann doch aufgeknüpft wurde. Der Herr sei uns gnädig – der arme Fawkes konnte die Leiter zum Galgen nicht mehr hinaufsteigen, so schlimm war er von der Folter zugerichtet. Man mußte ihn hinauftragen. Und er wurde vor dem Gebäude gehenkt, das er zur größeren Ehre Gottes hatte in die Luft sprengen wollen.
– Das wird wohl wahr sein, sagte Pater Fahrt zahm.
– Zur größeren Ehre Gottes. Wie sagt man das auf Latein?
– Ad maiorem Dei gloriam. Es ist das Losungswort unseres Ordens.
– Ganz recht, A.M.D.G. Wie oft habe ich das gehört. Aber wenn Sie sagen, daß es Sünde ist, einen Stadtrat in die Luft zu sprengen, wie kommt es dann, daß zwei, vielleicht gar drei Jesuiten genau das gleiche getan haben. Sie führten Krieg gegen die Regierung. Ist nicht Mrs. Flaherty in der gleichen Lage wie Fawkes?
– Ich habe Ihnen schon einmal auseinandergelegt, Collopy, daß Ereignisse wie Meinungen sich von einem Zeitalter zum andern grundlegend ändern. Es sind ganz verschiedene Dinge, die in verschiedenen Zeitaltern Einfluß auf die Menschen ausüben. Für die Menschen von heute ist es schwer, wenn nicht gar unmöglich, die Belastungen und die Atmosphäre, in denen die Menschen zu Zeiten Guy Fawkes lebten, nachzufühlen. Cicero war ein weiser und redlicher Mann, und doch hielt er Sklaven. Die Griechen waren das am meisten gelehrte und gebildete Volk des Altertums, und doch

waren viele von ihnen moralisch aussätzig. Sünden des Fleisches galten ihnen nur als dumme Vorurteile. Aber das hat die Weisheit und die Schönheit des Erbes, das viele von ihnen uns hinterlassen haben, nicht geschwächt. Umgeben von Ausschweifung gediehen Kunst, Dichtung, Literatur, Architektur, Philosophie und politische Systeme. Mir ist manchmal – hm – der Gedanke gekommen, daß eine verdorbene Gesellschaft wesentlich dazu beiträgt, große Männer zu Meisterwerken der Kunst zu inspirieren.

– Mr. Collopy stellte sein Glas ab, hob den Zeigefinger und sagte mit einer gewissen Strenge:

– Nun hören Sie mal zu, Pater Fahrt, ich werde jetzt etwas aussprechen, das ich früher schon auf andere Weise gesagt habe. Verdammt – ich bin gar nicht so sicher, daß man euch trauen kann. Immer drehen und wenden Sie sich nach den neuen Winden, die gerade blasen. Laß dir im Falle eines Zweifels einen Jesuiten kommen. Für deinen einen Zweifel wird er dir zwanzig neue geben, und seine Rede ist immer voll von wenn und aber, Geschwätz und Pseudotheologie. Der Ausdruck, den ich für so etwas gehört habe, lautet: Kasuistik. Stimmt das nicht? Kasuistik.

– Es gibt ein solches Wort, aber es trifft in diesem Falle nicht zu.

– Oh, man kann sich schon darauf verlassen: Ein Jesuit bringt immer Verwirrung und macht einfache Dinge kompliziert.

– Dieses Wort Jesuit. Unser Gründer Ignatius war ein Spanier und hatte dem Orden einen anderen Namen gegeben; aber auf Befehl des Papstes Paul III. wurde er Gesellschaft Jesu genannt. Ursprünglich drückte die

Bezeichnung Jesuit Haß und Verachtung aus. Was als Beleidigung gemeint war, nahmen wir als ein Kompliment an.

– Ich glaube, das ist genau, was ich sagen wollte, eure Rede und eure Gedanken sind immer zweischneidig. Wie Quecksilber schlüpft ihr einem weg. Einen Jesuiten kann man nicht festnageln. Da sagt man uns zum Beispiel, daß ihr ein Bettelorden seid. Aber ich bin sicher, es gibt keine besser versorgten Männer auf dem Antlitz der Erde; Kirchen und Paläste habt ihr auf der ganzen Welt. Ich weiß so einiges. Ich habe Bücher gelesen. Ich kann Ihnen auch einiges über Lower Leeson Street, Nummer 35 sagen, über diese ärmliche Höhle, in der ihr euch verkriecht.

– Was?

– Die ausgemergelten Brüder in diesem Haus trinken roten Wein zu ihren Mahlzeiten. Das hatte nicht einmal der heilige Petrus. Aber der heilige Petrus war in irgendeine Geschichte mit einem Hahn verwickelt. Die heiligen Patres unten in Clongowes Wood wissen über Hähne auch gut Bescheid. Sie verspeisen sie gebraten zum Mittagessen. Und sie verstehen sich darauf, Rotwein hinterherzukippen.

– Ein solches Geschwätz ist Ihrer ganz unwürdig. Wir essen und trinken, was wir eben haben. Die Verdächtigung, daß wir – nun, daß wir Sybariten und Feinschmecker sind, ist Unsinn. Und dazu beleidigend, Collopy. Dieses Geschwätz gefällt mir gar nicht.

– Ach, wirklich, Pater? sagte Mr. Collopy spöttisch. Vielleicht ist es gar eine neue Sünde, die Jesuiten zu kritisieren? Würden Sie dafür jemandem im Beichtstuhl fünf Rosenkränze als Buße geben? Also gut, wenn

Kritik an den Jesuiten einen Abfall bedeutet, dann sollten wir doch ein Ave Maria für die Seelenruhe von Papst Paul dem Vierten sprechen, denn der sagte dem Ignatius Loyola, daß mit dem Orden einiges nicht in Ordnung sei und daß er es ändern müsse. Haben Sie das gewußt? Und hat Ignatius sein Knie vor dem Papst gebeugt? Nicht für sein Leben. Geben Sie mir Ihr verdammtes Glas.

– Danke. Ich sage gar nicht, daß Ignatius ohne Fehler war. Auch Petrus nicht. Aber Ignatius wurde im Jahre 1622 vom Papst Gregor heiliggesprochen, nur sechsundsechzig Jahre nach seinem Tod. Er ist im Paradies.

– Sie wissen doch, daß er ohne die Sterbesakramente starb?

– Ich weiß es. Er wurde plötzlich abberufen. Sein Leib war schwach, aber seine Anstrengungen in dieser Welt waren gewaltig, und niemand kann ihm das Verdienst absprechen, den Orden gegründet zu haben, der seitdem die intellektuelle Vorhut der katholischen Kirche ist.

– Ich meine, so einfach ist die Geschichte nicht, Pater Fahrt. Bei Gott, der Orden hat seiner Zeit blutige Unruhen verursacht.

– Die Patres sind über die ganze Welt verstreut, sie sprechen und schreiben alle Sprachen der Welt, sie haben eine wunderbare Organisation zur Verbreitung des Glaubens geschaffen.

– Es hat Leute gegeben, die glaubten, der Orden versuche, die Eine, Heilige und Apostolische Kirche zu verderben und zu verwirren. Oh, und heute noch leben redliche Leute, die meinen, daß die Kirche den Machen-

schaften der Burschen von damals nur knapp entkommen ist.
– Ich weiß, es hat keinen Zweck, nach dem Namen dieser wichtigen Leute zu fragen.
– Als ich jung war, traf ich in Belfast einen Jesuiten, der mir sagte, die Jesuiten seien schuld an dem Preußisch-Französischen Krieg und am Burenkrieg, weil sie sich immer in Politik einmischten und immer scharf nach Nummer Eins Ausschau hielten – nach Geld.
– Was Sie nicht sagen? Und das soll ein Jesuit gewesen sein?
– Ja, ein Jesuit. Er war natürlich verheiratet.
– Irgendein elender Apostat, wollen Sie sagen.
– Er war ein sehr frommer Mann, und er sagte mir, er hoffe, seine Tochter würde einmal ins Kloster gehen.
– Sie müssen mit dem Geist von Martin Luther gesprochen haben.
– Mir scheint, die Jesuiten sind eifersüchtig auf Martin Luther. Auch er wollte die Kirche zerstören. Ich denke mir manchmal, er hatte mehr Erfolg als ihr Burschen.
– Mein lieber Collopy, Sie reden recht unverantwortlich daher. Wenn Sie so unter Fremden redeten, wären Sie in großer Gefahr, Ärgernis zu geben und andere zur Sünde zu verführen. Sie sollten vorsichtiger sein.
– Ich liebe Altar und Vaterland ebenso wie jeder andere, Pater. Aber ich verehre die Wahrheit. Ich liebe die Wahrheit.
– Nun, das freut mich.
– Mir scheint, Sie lieben die Wahrheit auch, vorausgesetzt, es ist die Wahrheit, die Ihnen paßt, die Wahrheit, die in Ihrem Buch steht.
– Unsinn. Wahrheit ist Wahrheit.

– Es gibt ein Sprichwort im Gälischen – leider bin ich ohne eigenes Verschulden der alten Sprache nicht sehr mächtig. Aber das Sprichwort sagt folgendes: »Die Wahrheit ist bitter.« Ich glaube, Sie wissen, wie wahr das ist.
– Magna est veritas et praevalebit.
– Sie haben nie wahrer gesprochen, Pater.
– Wir sind schon ein dummes und hoffärtiges Paar, daß wir so leichtfertig über den Orden eines Ignatius und eines Franz Xavier reden.
– Einen Augenblick mal, bitte.
– Xavier war der Apostel Japans. Jesuitenmissionare predigten den Indianern Nordamerikas, den Eingeborenen der Philippinen und den Ländern Südamerikas, sie taten es trotz drohender Verfolgung, trotz des drohenden Martyriums. Sie predigten sogar den Engländern, als der Katholizismus in England verboten war. Sie gingen überall hin, nichts konnte sie aufhalten.
– Jetzt machen Sie mal 'ne Pause, Pater. Still jetzt mal für einen Augenblick, und lassen Sie mich mal reden. Es ist wahr, die Jesuiten waren überall und hatten ihre Finger in jedem Topf. Sie waren schlau und durchtrieben. Sie waren viel zu mächtig, nicht nur in der Kirche, auch in der Welt. Sie brachten es fertig, daß viele Könige, Königinnen und Führer sich einen Jesuiten als Kaplan nahmen. Können Sie sich Parnell mit einem Jesuitenkaplan vorstellen?
– Parnell war kein Katholik, ich glaube, er war nicht mal ein richtiger Ire. Es ist ein englischer Name.
– Diese frommen Priester waren an den Höfen Europas wie eine ansteckende Krankheit verbreitet, und sie hatten diese Höfe in der Tasche. Sie waren Politiker im

Priesterrock und sonst nichts. Diese unwissenden, betrunkenen Fürsten und Kaiser waren ihnen nicht gewachsen. Man brauchte die Jesuiten nur mal schief anzusehen, dann wurde man exkommuniziert.

– Unsinn. Ein Priester hat nicht die Macht zu exkommunizieren.

– Vielleicht. Aber hatten sie nicht auch den Bischof in der Tasche? Die Bischöfe mußten tun, was die Jesuiten ihnen befahlen.

– Jetzt machen Sie mich aber böse, Collopy. Hier, spielen Sie lieber mit dem Glas.

– Gern. Aber es gab zwei überragende Männer in Frankreich, Pascal und Voltaire, die hatten nichts für die Jesuiten übrig, und auch die Jansenisten wollten nichts von ihnen wissen. Hab ich nicht recht?

– Ja. So einigermaßen.

– Die Jesuiten hatten Streit mit der Sorbonne, mit den Franziskanern und Dominikanern wegen theologischer Fragen. Es gab viele fromme und kluge Leute, die die Jesuiten für Häretiker und Abtrünnige hielten. Nun, und wo Rauch ist, ist ja auch Feuer – in diesem Fall vielleicht Höllenfeuer. Nach 1760 oder so bekamen sie in Portugal den Laufpaß, ebenso in Frankreich und sogar in Teilen Italiens. Boten, Läufer und Herolde wurden massenweise von verschiedenen europäischen Staaten nach Rom geschickt, sie sollten in den Papst dringen, den Orden zu verbieten. Und, wie es nur recht war, sie hatten ihre Zeit nicht vergeudet. Der Papst jener schönen Zeit war Clemens XIV. Und – hören Sie gut zu – im Jahre 1773 erließ er eine Bulle, in der er den Orden verbot, weil er das Werk, für das er gegründet worden war, nicht mehr ausführen konnte.

– Ja, sagte Pater Fahrt, *Dominus ac redemptor noster.*
– Entschuldigen Sie, sagte ich.
Es war eine unerhörte Dreistigkeit meinerseits, daß ich jetzt versuchte, meinen Bruder als Unterbrecher zu ersetzen. Aber meine schulischen Bemühungen um Schusters Kirchengeschichte konnte ich nicht verleugnen.
– Ja? sagte Mr. Collopy ziemlich ungehalten.
– *Dominus ac redemptor noster* war keine Bulle. Es war ein Breve. Das ist ein Unterschied.
– Der Junge hat ganz recht, sagte Pater Fahrt.
Mr. Collopy gefiel diese pedantische Einmischung gar nicht.
– Man kann es nennen, wie man will, sagte er zänkisch, die Tatsache bleibt, daß der Heilige Vater den Orden verbot. Es handelte sich um eine Sache des Glaubens und der Moral, und in dieser Entscheidung war der Papst unfehlbar.
– Collopy, sagte Pater Fahrt scharf, das beweist wieder einmal, daß Sie nicht wissen, wovon Sie reden. Erst im Jahre 1870, als Pius IX. regierte, hat das Vatikanische Konzil das Dogma von der Unfehlbarkeit des Papstes ausgesprochen. Sie liegen also mindestens um hundert Jahre daneben. Außerdem hat das Verbot eines religiösen Ordens nichts mit Glauben und Moral der Gesamtkirche zu tun.
– Sie sehen die Sache wieder einmal rein formal, Pater, sagte Mr. Collopy spöttisch. Seien Sie brav und reichen Sie mir Ihr Glas.
– Danke. Aber nicht zu viel.
– Einer der bittersten Vorwürfe, die man den Jesuiten machte, war folgender: Einige der Patres verbanden ihre

Missionsarbeit mit Handel, Gelderwerb und Spekulationen. Ein französischer Jesuit, Pater La Valette, steckte bis über die Ohren in Kauf und Verkauf. Ein Bettelorden, meine Fresse.

– Das waren vereinzelte Fälle.

– Es waren keine Einzelfälle. Der Orden war eine Art von Ostindien-Handelsgesellschaft. Es war himmlischer Imperialismus, aber mit haufenweise Geld auf der Bank.

– Nun, nun. Um von mir selber zu sprechen: Ich habe keinen Pfennig auf der Bank, nur mein Fahrgeld für den Bus in der Tasche, Gott sei Dank.

– Und woher haben Sie den Tabak, den Sie da rauchen?

– Von den riesigen Plantagen des Ordens in Panama, sagte Pater Fahrt mit Nachdruck. Das Verbot des Ordens war ein schwerer Schlag. Es war das Ergebnis der Intrigen unserer Feinde unter den Ungläubigen. Unsere Missionen in Indien, China und in Südamerika brachen zusammen. Es war ein Sieg der Jansenisten. Eine traurige Zeit.

– Es geschah Ihnen recht, antwortete Mr. Collopy. Aber die alten Jesuiten gaben sich nicht geschlagen. Bald fingen sie mit ihren Gegenintrigen an. Oh, verlassen Sie sich nur auf Herrn Schlaumeier, S. J.!

– Es war ihre Pflicht vor Gott, daß sie versuchten, den Orden zu retten. In Belgien gründeten einige Ex-Jesuiten eine neue Gesellschaft, die »Väter des Glaubens«. Katharina von Rußland erkannte das Breve nicht an, und die Jesuiten versuchten, dort weiterzuarbeiten. Nach einiger Zeit vereinigten sich die beiden Gesellschaften, die alte und die neue. Sie können sich darauf

verlassen, von der Zeit an war mein Orden wieder im Kommen.
– Verdammt, Sie sagen mir nichts, was ich nicht schon gewußt hätte, sagte Mr. Collopy herzlich. Man kann diesen Verein nicht niederhalten. Sie sind zu schlau.
– Das ist also Ihre Meinung. Sehr gut. Dies hier ist ein frisches Glas. Ich leere es auf die Gesundheit, die geistige und physische, meines Ordens.
– Ich halte mit, sagte Mr. Collopy, aber mit geistigen Vorbehalten.
Sie tranken einander in Gedanken versunken zu.
Nach einer langen Pause sagte Pater Fahrt:
– Wir wollen uns mit Dankbarkeit der großen Bulle *Sollicitudo omnium Ecclesiarum* erinnern, die am 7. August 1814 von Papst Pius VII. erlassen wurde, als er aus Frankreich zurückkehrte. Sie wissen, was darin stand, Collopy?
– Nun, vermutlich bekam euer Verein wie gewöhnlich seinen Willen.
– Mit dieser Bulle wurde die Gesellschaft in der ganzen Welt wieder zugelassen. Und in den Ländern, die uns vordem vertrieben hatten, wurden wir willkommen geheißen. Nun, geheimnisvoll sind die Wege des Allmächtigen.
– Geheimnisvoll sind auch die Wege der Jesuiten, sagte Mr. Collopy. Hat dabei Geld den Besitzer gewechselt? Oder war es einer der Päpste, die ein Vermögen mit Scapulieren und Ablässen machten?
– Collopy, ich glaube, ich habe mich in Ihnen getäuscht. Sie meinen das nicht ernst. Sie wollen mich nur ärgern. Sie glauben das, was Sie da sagen, überhaupt nicht. Sie versuchen nur, mich zu foppen, wie man in Irland sagt.

Sie sollten sich schämen. Im Grunde genommen sind Sie ein frommer, gottesfürchtiger Mann, der Herr segne Sie.
– Ich scherze nie in religiösen Fragen, sagte Mr. Collopy feierlich. Wenn Sie mich loben oder mir Komplimente machen wollen, dann denken Sie einmal über die wichtige Angelegenheit nach, der ich mein ganzes Leben geweiht habe. Die Arbeit, die nicht aufhören wird, bis dieses alte Herz stille steht.
– Nun, unsere Diskussion könnte Ihnen eine Art von Leitgedanken geben. Halten Sie sich immer die Hartnäckigkeit der Jesuiten vor Augen. Wenn Ihr Ziel löblich ist, dann werden Sie es erreichen, wenn Sie unerschütterlich daran glauben und unaufhörlich um den Segen Gottes flehen. Meinen Sie nicht auch?
– Was habe ich denn seit Jahren anderes getan? Mein Gott, und wie langsam komme ich damit voran. Der Teufel persönlich steckt in den Herzen dieser Ownshucks vom Stadtrat.
– Sie sind nur gedankenlos und schlecht beraten.
– Sie sind ein Haufen dummer, dickbäuchiger, gotteslästerlicher, geldraffender Räuber, wahrscheinlich sind sie aus dem Moor entlaufen, Taugenichtse aus gottverlassenen Orten wie Carlow oder der Grafschaft Leitrim. Die Söhne von Schweinehändlern und Kesselflickern. In Gottes Namen, was sollen auch solche Leute von den Pflichten eines Stadtverordneten wissen? Ich bin sicher, die hatten, bevor sie achtzehn waren, keine Schuhe an den Füßen.
– Aber könnten die städtischen Beamten sie nicht beraten? Das sind doch bestimmt Leute aus Dublin.
– Das ist doch wohl nicht Ihr Ernst, Pater. Diese

Drecksäcke würden nicht mal einem Mann, der in die Badewanne steigt, raten, sich vorher auszuziehen.

– Doch, doch, es ist mir ernst.

Draußen auf dem Kies waren schwere Schritte zu hören, dann drehte sich die Türklinke.

Es war mein Bruder. Ein Blick genügte. Sein Gesicht war gerötet, er schwankte leicht. In der Hand hielt er eine kleine Zigarre, die ein wenig durch den heftigen Regen gelitten hatte.

– Guten Abend zusammen, sagte er liebenswürdig. Guten Abend, Pater Fahrt.

Er setzte sich mitten ins Zimmer und streckte die Beine zum Feuer hin.

– Wie ich sehe, sagte Mr. Collopy, sind wir zu Zigarren übergegangen.

Seine Laune war recht leutselig, dank dem Krug und dem Wortgefecht, das er mit Pater Fahrt gehabt hatte.

– Ja, wir sind zu Zigarren übergegangen, antwortete mein Bruder munter, genau wie Pater Fahrt zur Pfeife übergegangen ist. Verkommenheit steckt an.

– Und in welcher wichtigen Mission waren wir heute unterwegs? fragte Mr. Collopy.

– Nun, da Sie danach fragen: Es war wichtig. Wichtig für dies Haus, sogar wichtig für diese Stadt. Ich habe schlimme Nachrichten für Sie, Mr. Collopy. Für Sie alle, um die Wahrheit zu sagen. Heute in einer Woche...

– Was ist das für ein dummes Geschwätz?

– Heute in einer Woche verlasse ich Sie. Ich gehe nach London, um mein Glück zu machen.

– Wie? Tatsächlich? Nun, der Himmel weiß.

– Nach London, mein Junge? sagte Pater Fahrt. Nun,

nun, es ist eine herrliche Stadt, und sie bietet Möglichkeiten, aber die Engländer verlangen harte Arbeit. Jedenfalls von den Iren. Ich muß dir einen Brief für einen unserer Leute dort mitgeben. Du hast wohl schon von der Farm Street gehört? Aber manchmal ist es gar nicht so leicht, Arbeit zu bekommen. Du denkst wohl nicht ans Kohlenbergwerk, nicht wahr?

Hier lachte mein Bruder, als sei er wirklich amüsiert.

– Nein, Pater, sagte er, es sei denn, Sie sprächen davon, eine Zeche zu kaufen und enorme Dividenden auf die Bank zu bringen.

– Nun, was willst du also tun? fragte Mr. Collopy scharf.

– Bisher habe ich folgendes getan: Ich habe in der Tooley Street zwei Räume, das heißt zwei Büros gemietet.

– Und wo in Gottes Namen ist das?

– Ziemlich zentral gelegen und ganz nahe an der Themse. Und in erreichbarer Nähe liegen mehrere Bahnhöfe. Ich meine, stellt euch vor, die Polizei wäre einmal hinter mir her.

– Was? Die Polizei?

Mr. Collopy war sich nicht sicher, richtig gehört zu haben. Mein Bruder fing wieder an zu lachen.

– Ja, die Polizei. Sie kämen wahrscheinlich nicht darauf, alle Stationen zu überwachen. Selbst wenn sie es täten, hätte ich immer noch die Chance, auf dem Wasserweg zu entkommen. Wenn ich erst einmal installiert bin, werde ich mir ein eigenes Boot anschaffen und es auf dem Fluß festmachen. Sie werden einen solchen Schachzug nicht erwarten. Wir bedeutenden Männer müssen an alles denken.

– Ich glaube, du bist drauf und dran überzuschnappen, und dieser Gedanke kommt mir nicht zum ersten Mal. Du brauchst doch Geld für deine Überfahrt und für die Miete drüben? Wenn du glaubst, daß ich ...
– Mr. Collopy, Sie sollten mich nicht mit solchen Äußerungen in Verlegenheit bringen.
– Soweit ich mich erinnere, warf Pater Fahrt ein, unterhalten unsere Leute in London ein Heim. Es wird von Laienbrüdern geführt, und ich glaube, die Übernachtung kostet so gut wie gar nichts. Ich könnte dir natürlich einen Brief mitgeben.
– Hast du Geld? fragte Mr. Collopy.
– Ich habe welches oder werde es im Laufe der Woche wenigstens bekommen.
– Ist es ehrlich verdientes Geld? Oder sind irgendwelche schmutzigen Machenschaften damit verbunden, hast du jemanden beschwindelt oder Läden beraubt oder irgendwelche armen harmlosen Leute übervorteilt? Dann kann ich dir nur sagen, du brauchst nicht bis London zu fahren, um mit der Polizei in Berührung zu kommen. Ich würde es mir nicht zweimal überlegen und sie selber herrufen; denn wenn irgend etwas verabscheuungswürdig ist, dann ist es Unehrlichkeit. Es ist eine der schlimmsten Erfindungen Satans. Ich will nicht, daß ein Fluch über dieses Haus kommt. Du hast doch schon von Mayor Lynch aus Galway gehört? Dann merk es dir, merk es dir gut.
– Sie sind lieblos, Collopy, sagte Pater Fahrt. Warum nehmen Sie das Schlimmste an? Sie kommen damit dem Teufel auf halbem Wege entgegen.
– Ich lebe in diesem Haus, sagte Mr. Collopy gereizt, und ich habe meine Erfahrungen.

– Was wissen wir? Vielleicht bringt dieser unternehmungslustige junge Mann noch große Ehre über dieses Haus.
– Ach, tatsächlich.
Mr. Collopys Stimme hatte einen bitteren Beiklang.
– Vielleicht bringe ich selber Ehre über dieses Haus, indem ich das große Ziel meines Lebens erreiche. Dann wird man eine Plakette draußen an der Wand anbringen, und Frauen aus aller Welt werden gepilgert kommen, um mein bescheidenes Haus zu sehen. Dann werde ich natürlich längst oben auf dem Friedhof liegen und meine verdiente Ruhe genießen.
Mein Bruder tat so, als müßte er gähnen.
– Meine Herren, sagte er, ich bin müde und möchte schlafen gehen. Morgen können wir weiter über meine Pläne sprechen.
Er stand auf und stolperte hinaus, auf die Treppe zu. Wir Zurückbleibenden sahen uns stumm an.

XI

Als ich später nach oben kam, schlief mein Bruder, ohne Zweifel in einem tiefen Whiskeyrausch. Am Morgen fragte ich ihn, ob es ihm mit dem Projekt in der Tooley Street ernst sei.
– Natürlich ist's mir ernst, antwortete er.
– Und was willst du da tun?
– Ich werde die Londoner Universitäts-Akademie eröffnen. Ich werde in allen Fächern Fernkurse geben, werde alle Probleme lösen, alle Fragen beantworten. Vielleicht gebe ich zuerst eine Zeitschrift heraus und dann eine Zeitung, aber zuerst muß ich klein anfangen

und dann aufbauen. Ich werde den Engländern beibringen, wie man Französisch lernt oder Frostbeulen kuriert. Natürlich werde ich eine GmbH sein. Ich habe schon einen Rechtsanwalt, der die Statuten ausarbeitet. Meine Nebenstelle wird das Britische Museum sein. Wenn du willst, kann ich dich später anstellen.

Ich vermute, das war großzügig gemeint, aber aus irgendeinem Grund sagte mir das Angebot im Augenblick nicht zu. Trocken sagte ich:

– Ich möchte wissen, was das für Bahnhöfe sind, von denen du gestern abend sprachst, für den Fall, daß du die Platte putzen müßtest. Und schnellstens.

– Red' keinen Mist. Meine Operationen vollziehen sich immer innerhalb gesetzlicher Grenzen. Aber die Briten werden nicht so ängstlich sein, denn wenn es den Bobbies gelingt, die Straßen und Bahnstrecken und den Fluß zu blockieren, dann können sie mich ja in den Tower sperren. Er liegt der Tooley Street genau gegenüber auf der anderen Flußseite.

– Nun, mancher gute Ire hat dort eine Zeit zugebracht.

– Stimmt.

– Und sein Leben gelassen.

Gut. Ich werde eine Artikelserie verfassen und auch verbreiten, die heißen soll: Wie man aus dem Tower von London entkommen kann. Drei Guineas für den gesamten Kurs, einschließlich der Dolche, Revolver und Strickleitern, die den Kursteilnehmern fast zum Selbstkostenpreis geliefert werden.

– Oh, halt's Maul, sagte ich.

Als ich an diesem Nachmittag aus der Synge Street zurückkam, waren alle ausgegangen, aber auf dem Tisch lag ein Zettel von Annie, der besagte, mein Essen sei im Backofen. Gleich nach dem Essen machte ich mich an meine verwünschten Hausaufgaben, denn ich wollte den Abend im Haus meines Schulfreundes Jack Mulloy verbringen, um Poker zu spielen. War es das Kartenspiel, das mich anzog? Ich weiß nicht recht, aber Penelope, Jacks Schwester, die uns in der »Pause« Becher mit Tee und Kuchen brachte, zog mich sicherlich an. Sie war das, was man eine »gute Haut« nennt, mit rotbraunem Haar, blauen Augen und einem reizenden Lächeln. Und, um ehrlich zu sein, ich glaube, sie mochte mich auch. Ich weiß noch, daß es mir seltsam vorkam, daß sie und Annie zum gleichen Geschlecht gehören sollten. Annie war eine schrecklich lange dünne Bohnenstange mit hängenden Schultern. Aber sie hatte ein gutes Herz und arbeitete unverdrossen. Mr. Collopy war anspruchsvoll im Essen, und obwohl er sich fast wie eine Art von höherem Landstreicher kleidete, so hatte er doch einen Abscheu vor der Massenbehandlung der Wäsche in Wäschereien. Seine Wäsche dort waschen zu lassen, bedeutete, wie er meinte, sich mit Sicherheit Syphilis und andere schmerzhafte Hautkrankheiten zu holen. Annie mußte seine Hemden und seine übrige Wäsche waschen, aber um seinen Zelluloidkragen kümmerte er sich persönlich, er wusch ihn jeden zweiten Tag mit heißem Wasser. Annie mußte auch verschiedene Medizinen für ihn zusammenstellen, die alle pulverisierten Schwefel enthielten, aber ich habe nie erfahren, welche Leiden diese Tränke heilen oder verhüten sollten. In den letzten achtzehn Monaten war ihr noch eine andere Pflicht aufgetragen worden, die sie gern übernommen hatte. Mein Bruder hatte das frühe Aufstehen

aus seiner Schulzeit aufgegeben und pflegte, im Bett liegend, Annie Geld auszuhändigen für »Du weißt schon«. Er brauchte dringend eine Stärkung, und das arme Mädchen schlüpfte hinaus und brachte ein Glas Whiskey.
Mr. Collopy kam gegen fünf Uhr zurück, und bald danach kehrte Annie heim. Collopy schien schlecht gelaunt. Ohne ein Wort ließ er sich in seinen Sessel fallen und fing an, die Zeitung zu lesen. Gegen sechs kam auch mein Bruder, mit Büchern und kleinen Päckchen beladen. Natürlich bemerkte er die kühle Stimmung und schwieg. Das Abendbrot entwickelte sich zu einer sehr schweigsamen, fast bedrohlichen Mahlzeit. Ich dachte immer nur an Penelope. Tee mit ihr zusammen wäre eine andere Sache, ein ambrosisches Bankett von unerhörter Köstlichkeit, danach käme ein entzückendes Zwiegespräch am Feuer, das nicht ganz ohne Melancholie wäre. War es leicht, so fragte ich mich, oder war es ganz unmöglich, wirklich gute und rührende Gedichte zu schreiben. Etwas, was das Herz anrührte, was von Liebe sprach. Wahrscheinlich war es für jemanden wie mich ganz unmöglich, so etwas auch nur zu versuchen, obwohl mein Bruder es sicher fertigbrachte, diese Kunst zu erklären und sie in sechs Brieflektionen zusammengefaßt an den Mann zu bringen. Natürlich sprach ich nie mit ihm über diesen Gegenstand, er würde mich doch nur in Wut bringen. Penelope. Ich meditierte über diesen Namen. Ich erinnerte mich, daß Penelope das Weib des Odysseus war, und wie viele Lüstlinge sie auch bedrängten, während ihr geliebter Mann im Kriege war, sie blieb ihm treu. Sie tat so, als wollte sie ihre niedrigen und ungehörigen Anträ-

ge erwägen, sobald sie ihre Strickarbeit beendet hatte. Jede Nacht aber trennte sie das, was sie am Tag gearbeitet hatte, wieder auf, so daß die Arbeit nie fertig wurde. Was für eine Haltung sprach daraus? Tiefe und reine Liebe natürlich. Vielleicht auch eine ganz nette Portion Gerissenheit. Hatte auch meine eigene, liebreizende Penelope diese Eigenschaften? Nun, ich würde sie noch an diesem Abend sehen.

Als das Teegeschirr abgeräumt war, nahm Mr. Collopy seine Zeitungslektüre wieder auf, aber nach kurzer Zeit richtete er sich plötzlich auf und starrte meinen Bruder an, der ihm gegenüber am Feuer döste.

– Ich möchte mit dir sprechen, Freundchen, sagte er scharf.

Mein Bruder setzte sich auf.

– Nun, sagte er, ich bin hier.

– Kennst du eine gewisse Persönlichkeit mit Namen Sergeant Driscoll von der Dubliner Städtischen Polizei?

– Ich kenne keine Polizisten. Ich gehe ihnen aus dem Weg. Sie sind eine gefährliche Bande. Die Schnelligkeit ihrer Beförderung hängt von der Zahl der Leute ab, die sie in Schwierigkeiten bringen. Und sie haben eine Methode, die ehrbarsten Leute in ernsthafte Schwierigkeiten zu bringen.

– Tatsächlich? Und was, meinst du, ist das für eine Methode?

– Meineid. Sie würden ein Loch in einen Blecheimer schwören. Es sind alles Söhne von Gobhawks, von Tölpeln vom Land.

– Ich habe nach Sergeant Driscoll von der Städtischen Polizei gefragt.

– Aus dem wilden Kerry, darauf wette ich. Die Frau steht um sechs des Morgens auf, um für dreizehn Menschen Frühstück zu machen: eine Ladung Kartoffeln, ein paar Kohlblätter, wenn's hochkommt, Maismehl, Salz und Buttermilch. Frühstück für ihn, für sie, für die acht Kinder und die drei Schweine, alles aus dem gleichen Topf. Das ist die Sorte, die hier in Dublin für Recht und Ordnung sorgt.
– Ich habe nach Sergeant Driscoll gefragt. Er war heute morgen hier. Gott steh mir bei, von der Polizei verhört zu werden, habe ich immer gehaßt, und dazu in meinem Alter.
– Nun, es ist eine goldene Regel, niemals eine Aussage zu machen. Die Genugtuung darf man ihnen nicht geben. Ganz gleich, wessen er dich anklagt, sag immer, du mußt zuerst deinen Anwalt sprechen.
– Mich anklagen? Es hatte mit mir nichts zu tun. Du warst es, nach dem er gefragt hat. Er stellte Ermittlungen an. Das kann noch große Unannehmlichkeiten geben, verlaß dich drauf.
– Was, ich? Was soll ich denn getan haben?
– Ein Junge ist in Islandbridge in den Fluß gestürzt, hat sich am Kopf verletzt und wäre beinahe ertrunken. Er mußte ins Krankenhaus gebracht werden. Sergeant Driscoll verhörte den Jungen und die anderen Schlingel, die bei ihm waren. Und dabei fiel dein Name.
– Ich kenne keine Jungens in Islandbridge.
– Wie sind sie dann an deinen Namen gekommen? Sie kannten sogar diese Adresse, und der Sergeant sagte, sie hätten ein kleines Buch gehabt mit dieser Adresse auf dem Umschlag.
– Haben Sie das Buch gesehen?

– Nein.
– Das ist das Werk irgendeines Schurken, der mich nicht leiden kann, der sich wegen irgendeiner eingebildeten Kränkung an mir rächen will. Ein Querulant. Diese Stadt ist voll davon. Ich bin nur froh, wenn ich hier weg bin. Da sind mir die blutdürstigen und gewissenlosen Angelsachsen lieber.
– Ich hab noch nie erlebt, daß du eine Antwort schuldig geblieben wärest. Du Unschuldslamm.
– Ich weigere mich, mich darum zu kümmern, was irgendwelche Gören aus den Slums oder irgendwelche Rotzlümmel vom Land sagen oder denken.
– Sergeant Driscoll behauptet, die Jungens hätten mit einer schrecklich gefährlichen Vorrichtung experimentiert, einer Art von Todesmaschine. Sie hatten ein Drahtseil über den Liffey gespannt, es an Laternenpfählen oder Bäumen befestigt. Und dieser dumme junge Bosthoon hatte ein paar Spezialpantoffeln oder so was an den Füßen. Was sagst du dazu?
– Was soll ich dazu sagen. Es erinnert mich an einen Zirkus.
– Ja, oder an den »Todestanz« im Empiretheater zu Weihnachten. Der Herr bewahre uns – im Leben habe ich nicht von so einem Leichtsinn und Übermut gehört. Die Eltern können einem nur leid tun, die armen Eltern, die sich für die Kinder die Finger wundgearbeitet haben, die selber hungern in ihrem Alter, um den jungen Großmäulern eine gute Ausbildung zu geben. Eine Tracht Prügel am Morgen und am Abend, das würde diesen Bürschchen guttun.
– Und wie ist der eine von ihnen ins Wasser gekommen?

– Wie, glaubst du wohl? Er geht über das Seil, bis er in der Mitte ist, dann kriegt er's mit der Angst zu tun, wird schwindlig, fällt ins tiefe Wasser und schlägt dabei mit dem Kopf auf einen treibenden Balken. Und natürlich konnte keiner dieser Schlingel schwimmen. Durch Gottes Barmherzigkeit war ein Gerichtsvollzieher in der Nähe. Er hörte das Geschrei und das Getümmel und eilte herbei. Aber ein Arbeitsloser war vor ihm da, und die beiden zusammen holten den halbertrunkenen jungen Helden aus dem Fluß und hielten ihn an den Beinen hoch, damit das Wasser aus ihm herauslief.
– Und die Gründlinge, warf mein Bruder ein.
– Es war ein unmittelbares Eingreifen der Vorsehung, daß die beiden Männer zur Stelle waren. Das Seiltanzgenie mußte ins Hospital in der Jervis Street geschafft werden, und das ist gar nicht komisch. Du hättest dich für einen Mord verantworten können oder für Totschlag.
– Ich habe Ihnen schon einmal gesagt, daß ich nichts damit zu tun habe. Ich weiß nichts davon. Die Tatsachen sind mir unbekannt.
– Ich vermute, du würdest das beschwören.
– Ja.
– Und du hast die Stirn, dazusitzen und die geduldige Städtische Polizei zu beschuldigen, sie sei nur auf Meineid aus?
– Das ist sie auch.
– Nun gut. Wenn ich unter den Geschworenen wäre, ich würde schon wissen, wem ich in dieser Islandbridge-Sache glauben könnte.
– Wenn ich angeklagt würde, diesen dummen Streich angezettelt zu haben, dann würde ich vor nichts zu-

rückschrecken, um die niedrige Kreatur zu entlarven, die versucht hat, meinen guten Ruf zu beflecken.

– Ja, ich weiß schon, wen du damit meinst. Eine Lüge würde die andere nach sich ziehen, bis du so in Lügen und Meineiden verstrickt wärest, daß der Protokollführer oder Gerichtsstenograph die Verhandlung unterbrechen würde und dem Generalstaatsanwalt die Akten schickte. Und glaub mir, dann wäre dein Fett am Schmoren. Du könntest fünf Jahre kriegen für Meineid und für den Versuch, den Lauf der Gerechtigkeit fehlzulenken. Und wenn du dann herauskämest, würde derselbe Fall Islandbridge noch immer auf dich warten.

– Ich gebe keinen Deut um irgendeinen von diesen Leuten.

– Wirklich? Nun, ich tue es aber. Und dies ist mein Haus.

– Sie wissen, daß ich es bald verlassen werde.

– Und Sergeant Driscoll sagte, du sollst wegen einer Vernehmung zur Wache College Street kommen.

– Ich werde nicht in der College Street erscheinen. Der Sergeant Driscoll soll sich zum Teufel scheren.

– Hör auf, in diesem Hause schmutzige Redensarten zu gebrauchen, oder du verläßt es eher, als du gedacht hast. Du täuschst dich, wenn du glaubst, daß es mir gefällt, von der Polizei verfolgt und belästigt zu werden wegen deiner gemeinen und verachtenswerten Versuche, harmlose junge Menschen zu verführen.

– Oh, was für ein Quatsch!

– Und sie zu berauben, sie des Geldes zu berauben, das sie nicht selbst verdient, sondern ihren langmütigen Eltern und Vormündern geklaut haben.

– Ich habe Ihnen schon gesagt, daß ich keine harmlosen jungen Menschen in Islandbridge kenne. Und die jungen Menschen, die ich kenne, sind nicht harmlos.
– Dein Maul ist eins der gemeinsten und verlogensten Mäuler in ganz Irland, das ist 'ne Tatsache. Du bist nichts als ein schamloser junger Lump. Gott möge mir verzeihen, wenn ich in deiner Erziehung vielleicht Fehler gemacht habe.
– Warum schieben Sie die Schuld nicht auf die frommen Christlichen Brüder, diese Krähen, diese Irren des lieben Gottes.
– Ich habe dir schon verschiedentlich verboten, meine Küche mit deinen schmutzigen Verdächtigungen einer Schar hingebender, hochherziger christlicher Lehrer zu entweihen.
– Ich habe gehört, daß Bruder Cruppy den steifen Kragen wegwerfen und heiraten will.
– Mein Wort, rief Mr. Collopy mit schriller Stimme, du bist noch nicht zu alt für den Stock. Denk daran. Eine gute Tracht Prügel, das ist es, was du brauchst.
Man konnte sehen, daß er sehr böse war. Mein Bruder schwieg und zuckte nur mit den Schultern, aber es war doch gut, daß es in diesem Augenblick an die Tür klopfte. Es war Mr. Rafferty, der meine Einladung einzutreten zuerst ablehnte.
– Ich kam nur gerade vorbei, sagte er. Ich möchte Mr. Collopy nur für einen Augenblick sprechen.
Aber dann kam er doch herein. Ich war froh, daß die Feindseligkeiten drinnen damit jäh beigelegt waren. Mr. Collopy streckte die Hand aus, ohne aufzustehen.
– Setzen Sie sich, Rafferty, setzen Sie sich. Es ist ein bißchen rauh heute abend.

– Das ist es, Mr. Collopy.
– Sehr rauh.
– Trinken Sie ein Tröpfchen mit mir?
– Aber Mr. Collopy. Sie sollten mich doch inzwischen kennen. Nur an den Wochenenden. Das ist meine Regel und eine gußeiserne dazu. Ich hab's meiner Frau versprochen.
– Also gut, halten Sie Ihr Versprechen. Bleib deinem alten Selbst treu. Deinem eignen Selbst wollte ich sagen. Ich werde mir in Gottes Namen einen genehmigen, denn ich fühle mich nicht recht wohl. Gar nicht wohl.
Er stand auf und trat zum Schrank.
– Sie wissen natürlich, warum ich gekommen bin?
– Natürlich. Und ich hab es hier.
Nachdem er Krug und Glas auf dem Herdrand zurechtgestellt hatte, zog er aus dem hinteren Teil des Schrankes ein längliches Paket in braunem Packpapier und legte es vorsichtig auf den Tisch. Dann goß er sich ein Glas ein und setzte sich.
– Es lohnt sich schon, daß man sich den Namen merkt, Rafferty, sagte er.
Zu meiner Überraschung wandte er sich an mich.
– Du da, sagte er, wie heißt Wasser auf griechisch.
– Hydor, sagte ich. Hüh Tor.
– Und wenn man etwas mißt, wie sagten die Griechen das?
– Metron. Meter an. Ein Maß.
– Also, Rafferty, hab ich's Ihnen nicht gesagt? Der Gegenstand da auf dem Tisch ist ein klinisches Hydrometer. Wie wir schon übereingekommen sind, sollen Sie es Mrs. Flaherty bringen. Sagen Sie ihr, daß sie vom nächsten Samstag an vierzehn Tage lang Tag und Nacht

sorgfältige Messungen vornehmen soll. Und sie soll genau Buch darüber führen.

– Oh, ich verstehe, wie wichtig das ist, Mr. Collopy, und ich werde es auch Mrs. Flaherty einschärfen.

– In unserer heutigen Zeit kann man überhaupt nichts erreichen, wenn man keine Statistiken vorweist. Kolonnen und Kolonnen von Zahlen, Ergebnisse und Prozente. Stellen Sie sich vor, eine königliche Kommission würde wegen dieser Sache eingesetzt. Wo wären wir dann, könnten wir nicht unsere beglaubigten Statistiken vorweisen. Wie ständen wir dann da im Zeugenstand.

– Wir würden nicht sehr viel Eindruck machen, das ist mal sicher, sagte Mr. Rafferty.

– Wir würden wie verdammte Narren aussehen. Wir würden uns lächerlich machen vor aller Welt, und die Leute würden einander fragen, wer uns wohl aus dem Irrenhaus habe laufen lassen. Hab ich nicht recht?

– Nur zu recht.

– Und wenn Mrs. Flaherty uns ihre Ergebnisse gegeben hat, dann geben wir das Hydrometer die nächsten vierzehn Tage an Mrs. Clohessy.

– Ein guter Gedanke, Mr. Collopy.

– Und ich möchte eines mit Bestimmtheit voraussagen: Wenn wir alle Zahlen zusammenhaben und sie miteinander vergleichen, zum Teufel, dann werden wir nur geringe Unterschiede finden, nur ganz kleine Abweichungen. Wir könnten da zu einer neuen wichtigen wissenschaftlichen Erkenntnis kommen, wer weiß.

– Was Sie nicht sagen, Mr. Collopy!

– Ja, und auf die gleiche Weise ist in der Vergangenheit die ganze Weltgeschichte verändert worden. Geduldige Menschen suchen nach einer bestimmten Sache, nach einer Antwort auf eine dringende Frage, und was, zum Teufel, geschieht? Durch Zufall lösen sie ein ganz anderes Problem. Und es ist mir gleich, wie viele Probleme mit Hilfe des klinischen Hydrometers gelöst werden, wenn nur diese unsere dringende Sorge aus der Welt geschafft wird.

– Hört, hört. Mr. Collopy, ich gehe jetzt geradewegs zu Mrs. Flaherty.

– Und Gott sei mit Ihnen, Rafferty. Wir sehen uns wie gewöhnlich am Freitag bei der Komiteeversammlung.

– Jawohl. Guten Abend.

Nachdem er sich verabschiedet hatte, ging auch ich. Denn ich hatte ein Treffen mit dem Schicksal vor mir; und mit Penelope.

XII

Die alte Küche war die gleiche geblieben, aber mein Bruder war nicht mehr da, und damit hatten die kurzen, stürmischen Szenen mit Mr. Collopy aufgehört. Es tut mir leid, aber ich kann hier keinen interessanten Bericht über die Ereignisse und Worte, die seinen tatsächlichen Abgang begleiteten, geben. Er hatte Annie eingeschärft, daß sie ihn früh wecken müßte, damit er das Paketboot von Kingstown nach Holyhead erreiche. Annie tat ihre Pflicht, aber sie fand niemanden mehr im Bett meines Bruders und auch nichts mehr von seinem Gepäck. Er hatte sich während der Nacht heimlich davongemacht, vielleicht schlief er seinen letzten irischen Schlaf in einem anderen Haus, vielleicht feierte er seinen Abschied mit einem Kumpanen. Ich fühlte mich gekränkt, weil ich in seinen Boykott eingeschlossen worden war, denn ich war nicht nur sein Bruder, ich hatte mich auch als so etwas wie ein Mitverschworener gefühlt, aber Mr. Collopy war wegen dieses geheimnisvollen Abgangs einfach rasend. Ich habe nie erfahren, warum eigentlich, aber ich vermute, daß er eine großmütige Abschiedsrede geplant hatte, einen Segensspruch, vielleicht hatte er auch eins seiner stumpfen Rasiermesser als Geschenk überreichen wollen. Mr. Collopy liebte feierliche Anlässe über alles, und mit Unterstützung einer Zuhörerschaft und seines Schnapskruges konnte er beachtliche Höhen der Beredsamkeit erreichen. Der Schauspieler in ihm fühlte sich verschmäht, und er war sehr beleidigt. Er fragte mich wie zufällig, ob mein Bruder wohl Weihnachten nach Hause käme, aber ich konnte wahrheitsgemäß antworten, daß ich keine Ahnung hätte. Annie schien von der Veränderung im Haus keine Notiz zu nehmen, obwohl es doch weniger Arbeit für sie bedeutete.

Ungefähr drei Wochen nach seiner Flucht erhielt ich einen Brief von meinem Bruder. Er steckte in einem kostbaren, breiten Umschlag, der links oben in der Ecke die ineinander verschlungenen Buchstaben L.U.A. trug. (Es hat mich später sehr amüsiert, als ich in einem gälischen Wörterbuch fand, daß ›lua‹ Fußtritt bedeutet.) Das Briefpapier drinnen war sehr dick und teuer, es machte regelrecht Lärm, wenn man es auseinanderfaltete. Der Briefkopf trug in glänzend schwarzen, erhabenen Buchstaben die Aufschrift: Universitätsakademie von London, 120 Tooley Street, London W 2. Am linken Rand entlang lief eine Liste der Fächer, in der die Akademie brieflichen Unterricht anbot – Boxen, Fremdsprachen, Botanik, Geflügelzucht, Journalismus,

Laubsägearbeit, Archäologie, Schwimmen, Beredsamkeit, Diätlehre, Behandlung von hohem Blutdruck, Jiu-Jitsu, Politische Wissenschaft, Hypnose, Astronomie, Medizin im Heim, Holzschnitzerei, Akrobatik und Seiltanzen, Öffentliches Reden, Musik, Zahnpflege, Ägyptologie, Abmagerungskuren, Psychiatrie, Erdölvorkommen, Eisenbahnbau, Heilung von Krebs, eine Haarwuchskur, La grande cuisine, Bridge und andere Kartenspiele, Leichtathletik, Vorbeugung gegen und Heilung von Hautunreinigkeiten, Wäschereiorganisation, Schach, Der Gemüsegarten, Schafzucht, Radierung und Kupferstich, Heimwursterei, Die alten Klassiker, Zauberei erklärt und mehrere andere Gegenstände, deren Natur mir aus den Bezeichnungen nicht recht klar wurde. Welche Studien waren zum Beispiel gemeint mit »Die drei Bälle«? Oder Panpendarismus? Oder Die Züchtung der Säuren?

Hier ist der Brief:

»Es tut mir leid, daß ich nicht früher schreiben konnte, aber ich hatte zu viel zu tun: ich mußte mich nicht nur in der Tooley Street einrichten und das Büro organisieren, ich mußte auch Leute treffen und Kontakte aufnehmen. Ich vermute, es hat euch allen einen kleinen Schlag versetzt, als der Vogel an jenem Morgen ausgeflogen war, aber ich hätte einen feierlichen Abschied nicht ertragen, bei dem Collopy im Hintergrund gerotzt und geschnauft hätte, Whiskeytränen ihm über die Wangen gelaufen wären, wo der dürre Pater Fahrt mir in pompösem Latein seinen Segen gegeben und Annie still in ihr Prashkeen geheult hätte. Du weißt, wie ich so etwas hasse. Es macht mich nervös. Es tut mir leid, daß ich auch Dir gegenüber nicht ganz offen sein konnte, aber

meine Pläne machten es unbedingt notwendig, daß Collopy nichts ahnte, denn er hat eine besondere Begabung, einem Schwierigkeiten zu machen, seine Nase in alles zu stecken, wo er dann das Ganze in einem dreckigen Niesen ertränkt. Wußtest Du schon, daß er in Henley, gar nicht weit von hier, einen Bruder bei der Polizei hat? Wenn er meine genaue Adresse wüßte – die Du unter gar keinen Umständen dem alten Schurken verraten darfst –, dann würde ich den anderen Burschen bald hier herumschnüffeln haben, und vielleicht ist der noch schlimmer als Collopy selbst. Ich brauche Dir nicht zu sagen, daß ich von keiner der Adressen Gebrauch gemacht habe, die der ehrwürdige Pater Fahrt mir gegeben hat, denn die Jesuiten können eine viel geschlossenere Polizeitruppe sein als die Blauen selbst. Wenn ich hier ein bißchen weiter bin, mußt Du herüberkommen und mir helfen, denn ich weiß, der Industriezweig, dem ich hier beigetreten bin, steckt noch in seinen Kinderschuhen, und wenn das Geschäft richtig betrieben wird, stecken Haufen Geld drin, Geld für uns alle. Das Leben hier ist überhaupt besser. Die Kneipen sind besser, die Lebensmittel gut und billig, und die Straßen wimmeln nicht von Anzapfern wie in Dublin. Hilfe in jeder Angelegenheit und Auskunft über alles und jeden unter der Sonne gibt es schon für einen Lappen und manchmal sogar für ein paar Glas Schnaps.
Mach Dir nicht zu viel Gedanken über die Liste auf dem Briefrand. Ich sehe nicht ein, warum wir uns nicht mit diesen Dingen befassen sollten und mit vielen anderen dazu, zum Beispiel mit Klosterberufen, aber ich benutze das Papier noch nicht offiziell. Du kannst die Liste als ein Manifest betrachten, ein Programm dessen, was

wir zu tun beabsichtigen. Unser Ziel ist die Massenproduktion von Wissen, Menschenbildung und Kultur. Wir planen die Welt der Zukunft, eine Welt gebildeter und heiterer Menschen, alle wohlhabend, die nichts mit Schnüfflern, Kriechern und Möchte-Gern-Politikern zu tun haben wollen; wir wollen nicht eigentlich eine Utopie, sondern eine Gesellschaft, in der alles unnötige Unrecht, alles unnötige Versagen und Fehlverhalten ausgemerzt ist. Der einfachste Weg, zu diesem Ziel zu gelangen, ist, die Wurzel des Übels zu bekämpfen, Unwissenheit, Mangel an Erziehung und falsche Erziehung. Jeden Tag trifft man Menschen, die mit zwei Köpfen herumspazieren. Sie sind vom Leben völlig verwirrt, verstehen so gut wie nichts und sind sich nur einer Sache sicher – daß sie sterben werden. Ich will nicht so weit gehen, ihnen in diesem Punkt zu widersprechen, aber ich glaube, in der Lage zu sein, ihnen ein paar gute Ratsächläge zu geben, wie sie die Zwischenzeit ausfüllen können. Vorige Woche traf ich in einer Kneipe in der Tower Bridge Road einen netten Neger, offenbar einen Matrosen. Er war zuerst ein richtiger Trauerkloß, aber in drei Sitzungen brachte ich ihm Schachspielen bei. Er ist jetzt sehr vergnügt und hält sich für einen Medizinmann. Ich habe auch mit einer der Damen, die hier zu Tausenden die Straßen bevölkern, eine Nacht durchgezecht. Sie wollte, daß ich mit ihr gehen sollte, aber keine Angst. An ihrem Akzent hörte ich, daß sie irisch war, das war sie auch, aus Castleconnell am Shannon. Dieselbe alte Geschichte von einer Stelle als Hausmädchen, einer tyrannischen Hausfrau und einem jungen Hund von Sohn, der anfing, an ihr herumzuzerren, wenn sie die Betten machte.

Sie kam zu dem Schluß, daß, wenn das hier so landesüblich war, sie sich ebensogut dafür bezahlen lassen konnte. Es liegt eine gewisse Logik in ihren Ausführungen, aber es wurde mir schmerzlich klar, daß sie so gut wie nichts von Geschäften versteht. Ich plauderte ein bißchen mit ihr von ihrer Mutter und von Erins grünen Hügeln, und bald schon rollten die ersten Tränen – aber vielleicht war es auch nur der Gin. Diese Mädels sind ganz scharf auf das Zeug. Aber Du darfst ja nicht den Eindruck haben, daß ich ein Prediger geworden bin, der jeden Abend die Kneipen heimsucht, um Seelen zu retten. Das tue ich nur gelegentlich, wenn ich einmal allein bin. Ich habe viel zuviel zu tun, um mich so herumzutreiben. Der gesamte Stab des Büros besteht jetzt aus vier Leuten – einer Schreibkraft, einer Bürohilfe und *Einem Anderen.* Dieser *Eine Andere* ist mein Partner, der eine ganz nette Menge Piepen in das Unternehmen gesteckt hat. Bei seinem Geld und meinem Verstand weiß ich nicht, was uns noch aufhalten könnte. Und was noch besser ist: er hat eine reiche Mutter, die in einem herrschaftlichen Haus in Hampstead wohnt. Er wohnt nicht bei ihr, kommt überhaupt nicht sehr gut mit ihr aus, offenbar, weil sie ihn, als er noch jünger war, für zwei Jahre nach Oxford geschickt hat. Er sagte mir, das sei ein schrecklicher Ort. Er schreibt sich M. B. Barnes. Als ich nach seinem Vornamen forschte – und man kann in einem neuen Unternehmen mit klingendem Namen keinen Partner haben, den man nicht beim Vornamen nennt, selbst wenn man ihn tadelt oder ihn beschimpft –, stellte ich fest, daß sein voller Name Milton Byron Barnes lautet. Vielleicht haben ihn die Ignoranten in Oxford der Vornamen wegen verspottet, und das hat ihn für den Rest seines Lebens verbittert. Er ist ein sauertöpfischer Kerl, aber er weiß, was Arbeit heißt, und er kann mit Menschen umgehen. Natürlich ist er kein Dichter, aber er ist überzeugt davon, daß sein längst verstorbener Vater glaubte, er sei ein Dichter und er sei es den alten Meistern schuldig, ihrem Genius ein Denkmal zu setzen, indem er seinem unglückseligen Sohn ihren Namen aufhalste. Im Augenblick gibt es zwischen uns eine kleine Meinungsverschiedenheit. Er glaubt, daß wir uns mit der Reklame befassen müssen, in Zeitungen, Zeitschriften und auch sonstwo. Er ist überzeugt, daß es die Masche der Zukunft ist, und rezitiert dauernd: *Hans nimmt den Zaun mit einem Sprung, was treibt ihn an?* Nur KRAFTNAHRUNG. Er hat ganz recht: auf diesem Gebiet kann man ein Vermögen machen, aber wir waten noch nicht im nötigen Kapital – noch nicht. Ich sage ihm immer wieder, daß man mehr Glück und Zufriedenheit ernten kann, wenn man zehntausend Engländern in vier Lektionen zu vier Guineen das richtige Billardspielen beibringt, als wenn wir uns im Schlamm der Publicity herumbalgen. Er antwortet mir darauf, daß er gar keinen glücklich machen und ganz gewiß nicht selber glücklich sein, daß er einzig und allein viel Geld machen will. Ich finde diese Haltung schon beinahe zynisch, hoffe aber, ihn bald genug zu meinen eigenen vernünftigen Ansichten zu bekehren. Wir haben zweimal bei seiner alten Dame gegessen, und ich fand sie ganz freundlich und intelligent. Ich bin sicher, daß wir sie über kurze Zeit als Gönnerin für unsere Akademie gewinnen werden und daß sie ihr in kritischen Stadien durch Transfusionen mit dem roten

Blut Pfund, Schilling, Pence weiterhelfen wird. Du weißt wohl, daß die reichen Leute zu diesem Zweck auf der Welt sind, und deshalb sollten wir sie auch niemals beneiden oder beschimpfen. Diese Menschen sind mit den Waffen geboren worden, mit denen sie anderen helfen können. Vergleiche sie mit Collopy, der all seine Zeit damit zubringt, andere zu stören und zu ärgern, herumzustochern, bis er Übel findet, um sie dann nur zu verschlimmern, sich einzumischen, zu hetzen, Verbitterung und Streit zwischen Freunden zu säen. Mehr als einmal habe ich daran gedacht, einen Lehrgang zusammenzustellen: Deine eigenen Angelegenheiten und wie man sich darum kümmert. Ich würde Collopy den Lehrgang gern kostenlos liefern. Ich habe eine möblierte Bude, zusammen mit einem anderen Mann, einem ältlichen Junggesellen, der einen Tabakladen besitzt und in seiner Freizeit Griechisch liest. Wie mir diese Gesellschaft gefällt? Ausgezeichnet, denn ich brauche keine Zigaretten mehr zu kaufen, und die Zimmerwirtin ist so alt, daß sie manchmal vergißt, die Miete zu kassieren.

Behalte alles, was ich Dir in diesem Brief oder in irgendeinem anderen mitteile, für Dich, und gib niemandem in Dublin die Adresse der Firma. Ich schreibe bald wieder. Laß mich alle Neuigkeiten wissen. Gib die beiliegende Banknote Annie mit vielen Grüßen von mir. Viel Glück!«

Ich seufzte und schob den Brief in die Tasche. Eigentlich stand gar nicht viel drin.

XIII

In den folgenden Monaten war das Wetter ganz besonders schlecht: wir hatten heftige Regenfälle und Sturm, und nachts zwang mich die Kälte, mich zusätzlich mit zwei Überziehern zuzudecken. Aber Mr. Collopy trotzte den abendlichen Stürmen. Er ging häufig noch um acht Uhr aus, und man erzählte mir, daß man ihn häufig unter seinem triefenden Regenschirm am Rande der kleinen Menschenansammlungen auf dem Foster Place oder an der Ecke der Abbey Street stehen sah. Der Zweck und Inhalt dieser kleinen Versammlungen interessierte ihn nicht im geringsten. Er war nur gekommen, um zu schimpfen, und zwar nur vom Standpunkt seiner eigenen geheimnisvollen fixen Idee aus. Immer wieder forderte er, daß die wichtigsten Dinge auch als erste kommen müßten. Wenn die Versammlung einen Eisenbahnerstreik forderte, um gegen die niedrigen Löhne zu protestieren, dann widersprach er und brüllte, daß die Untätigkeit der Stadtverwaltung noch viel skandalöser sei und ein viel dringenderes Problem für das ganze Land.

Eines Abends kam er völlig durchnäßt nach Hause, und statt geradewegs zu Bett zu gehen, ließ er sich am Herd nieder und tröstete sich an seinem Krug.

– Um Himmels willen, Vater, sagte Annie, geh doch schlafen. Du bist ja klatschnaß. Geh zu Bett, und ich bring dir einen Punsch.

– Aber nein, sagte er munter. In solchen Situationen kommt mir mein früheres Training als Hurleyspieler zugute.

Aber am folgenden Morgen hatte er einen brüllenden

Husten und blieb auf Annies Befehl, die etwas von seiner eigenen Strenge geerbt hatte, einige Tage im Bett. Die Erkältung besserte sich allmählich, aber als er wieder im Haus umherging, waren seine Bewegungen steif, und er jammerte laut über Gliederschmerzen. Glücklicherweise war ihm die peinvolle Mühe, ins Badezimmer nach oben zu gehen, erspart, denn er hatte zu Mrs. Crottys Zeiten eigenhändig eine Toilette im Schlafzimmer eingebaut. Aber seine Leiden waren echt, und ich machte den Vorschlag, auf dem Schulweg eine Nachricht bei Dr. Blennerhasset zu hinterlassen, die um seinen Besuch bat.

– Ich fürchte, sagte Collopy, daß der gute Mann eine Niete ist. Er meint's gut, aber von Medizin versteht er nichts.

– Aber vielleicht weiß er doch etwas gegen Ihre Schmerzen.

– Na gut.

Dr. Blennerhasset kam wirklich und stellte bei Mr. Collopy schweren Rheumatismus fest. Er verschrieb ein Medikament, das Annie in der Apotheke holte – rote Pillen in einer runden weißen Schachtel mit der Aufschrift »Die Tabletten«. Der Doktor sagte auch, so erinnere ich mich, daß der Zuckerverbrauch des Patienten drastisch reduziert werden, daß er auf keinen Fall Alkohol zu sich nehmen sollte, daß er sich nach Möglichkeit leichte Bewegungen machen und so oft wie möglich ein heißes Bad nehmen sollte. Ob nun Mr. Collopy diese vier Bedingungen erfüllte oder auch nur die eine oder andere, mit der Zeit wurde sein Zustand immer schlimmer. Er konnte bald nur noch mit Hilfe des Stockes gehen, dabei mußte ich ihn auf dem kurzen

Weg vom Bett zum Sessel noch stützen. Er war ein Krüppel und ein sehr reizbarer dazu.
Eines Abends hatte ich mich zu einem Spiel in Jack Mulloys Poker-Club verabredet. Da kam mir eine listige Idee. Das Spiel sollte erst um halb neun beginnen; anscheinand mußte Jack vorher noch irgendwo hingehen oder irgend etwas erledigen. Ich stellte meine Uhr absichtlich eine Stunde vor und klopfte, als es in Wirklichkeit erst halb acht war, voller Hoffnung an die Tür in der nahen Mespil Road. Nach einer Weile wurde die Tür von Penelope geöffnet.
– Oh, du kommst aber früh, sagte sie mit ihrer reizenden, etwas heiseren Stimme.
Ich trat mit anmutigen Bewegungen in den Flur und sagte, es sei doch beinahe halb neun. Ich zeigte ihr meine Uhr.
– Deine Uhr ist übergeschnappt, sagte sie. Aber komm herein ans Feuer. Möchtest du eine Tasse Kaffee?
– Gern, Penelope, wenn du eine mittrinkst.
– Ich bin gleich wieder da.
Hatte ich da keine tolle Idee gehabt? Soweit ich es feststellen konnte, waren wir beide allein im Haus. Dumme Gedanken gingen mir durch den Kopf, Gedanken, die ich hier nicht zu erläutern brauche. In solchen Situationen war ich ein blutiger Anfänger. Die Namen gewisser Leichtfüße und Herzensbrecher vergangener Zeiten kamen mir in den Sinn, und ich fragte mich, wie wohl mein Bruder vorgehen würde, wäre er in meiner Lage. Penelope kam mit der Kaffeekanne, Keksen und zwei entzückenden Täßchen. Im Schein des Feuers war ihr Kleid mit dem Gürtel adrett, züchtig, geheimnisvoll; oder vielleicht meine ich damit: bezaubernd.

– Also, Finbarr, sagte sie, was gibt es Neues, und vergiß nur ja nichts.
– Es gibt nichts Neues.
– Das glaube ich nicht. Du verbirgst mir etwas.
– Mein Ehrenwort, Penelope.
– Wie geht es Annie?
– Annie geht es gut. Sie ändert sich nie. Tatsächlich, sie wechselt nicht einmal ihre Kleider. Aber der arme Mr. Collopy wird von Rheumatismus geplagt. Er ist ein völliges Wrack, hilflos und sehr gereizt. Vor ein paar Monaten ging er jeden Abend aus und ließ sich völlig naßregnen, und das hat er jetzt davon.
– Ach, der arme Mann.
– Und ich? Bin ich nicht arm? Immer, wenn ich zu Hause bin, muß ich den Krankenpfleger spielen.
– Nun, jeder ist irgendwann mal auf die Hilfe anderer angewiesen. Vielleicht bist du selbst einmal ein hilfloser alter Mann. Wie würde dir das gefallen?
– Das würde mir gar nicht gefallen. Wahrscheinlich würde ich den Kopf in den Gasofen stecken.
– Aber wenn du sehr arges Rheuma hättest, könntest du das gar nicht. Dann könntest du dich gar nicht bücken.
– Dann würde ich dich bitten, mich zu besuchen und dann könntest du mir helfen, den Kopf hineinzubekommen.
– Nicht doch, Finbarr, das wäre nicht nett. Aber besuchen würde ich dich bestimmt.
– Und was würdest du dann tun?
– Dich pflegen.
– Himmel, das wäre schön.
Sie lachte. Es muß wohl wirkliches Gefühl in dieser

Bemerkung zu spüren gewesen sein. Es war mit gewiß ernst mit dem, was ich sagte, aber ich wollte nicht gern aufdringlich erscheinen.

– Heißt das, sagte ich lächelnd, daß ich erst eine schmerzliche und scheußliche Krankheit haben müßte, damit du mich besuchen kommst?

– Nein, bestimmt nicht, Finbarr, sagte sie. Aber ich hätte Angst vor Mr. Collopy. Er hat mich einmal ein ›unerzogenes Schulbalg‹ genannt, weil ich ihn auf der Straße angesprochen und ihm gesagt habe, seine Schuhbänder wären aufgegangen.

– Seine Schnürsenkel, willst du wohl sagen, verbesserte ich sie. Zum Teufel mit Mr. Collopy.

– Aber, aber.

– Ach, er geht mir auf die Nerven.

– Du verbringst zuviel Zeit in dieser Küche. Du gehst nicht genug aus. Gehst du überhaupt jemals tanzen?

– Nein, ich kann überhaupt nicht tanzen.

– Das ist aber schade. Dann muß ich es dir beibringen.

– Das wäre herrlich!

– Aber wir müßten uns zuerst von irgendwo ein Grammophon leihen.

– Ich glaube, das würde ich schon schaffen.

Wie man sieht, war unsere Unterhaltung ziemlich läppisch und inhaltslos, und so ging es auch weiter. Schließlich wurde ich ein bißchen kühner und nahm ihre Hand. Sie entzog sie mir nicht.

– Was würdest du tun, fragte ich, wenn ich jetzt deine Hand küßte?

– Aber, aber. Ich würde wahrscheinlich das Haus zusammenschreien.

– Aber warum?

– Darum.
In diesem Augenblick entstand tatsächlich ein Getöse, aber es kam aus dem Flur. Jack Mulloy war mit zwei anderen Kumpels hereingekommen, und während sie ihre Mäntel aufhängten, schwatzten sie laut. Ach, ich mußte mich vom Gegenstand meines Entzückens lösen und meine Gedanken den Karten zuwenden.
Seltsamerweise gewann ich an diesem Abend fünfzehn Schilling, und so war ich, während ich nach Haus ging, natürlich über den Verlauf dieses ganzen Abends, einschließlich des kleinen Intermezzos mit Penelope, recht erfreut. Ich nahm meinen Weg über den Wilton Place, ein kleines, schattiges Dreieck, das abseits vom Verkehr lag. Ich wußte aus Erfahrung, daß es von Prostituierten der niedrigsten Klasse und von ihren schäbigen Klienten heimgesucht wurde. Eine kleine Gruppe von fünf oder sechs lümmelte sich kirchernd im Schatten herum, aber als ich näher kam, wurden sie still. Doch kaum war ich ein paar Meter an ihnen vorbei, da hörte ich ein einziges Wort, von einer Stimme gesprochen, die ich, ich hätte es geschworen, kannte:
– Es scheint so.
Tief erschrocken blieb ich unwillkürlich stehen, aber dann ging ich doch weiter. Ich hatte an Penelope gedacht, und dieses eine Wort ließ meine Gedanken durcheinanderwirbeln. Was bedeutete das: Geschlecht? Worin bestand geschlechtliche Anziehung? War sie ganz und gar schlecht und gefährlich? Was tat Annie so spät am Abend an diesem dunklen Ort mit diesen jungen Lumpen? War ich etwa besser, wenn ich der lieblichen, unschuldigen Penelope listige Dinge ins Ohr flüsterte? Hatte ich etwa im Grunde meines Herzens

schmutzige Absichten, eine dunkle Tat vor, die nur verschoben wurde, weil sich die rechte Gelegenheit noch nicht geboten hatte?
Wie ich erwartet hatte, war die Küche leer, denn ich hatte Mr. Collopy ins Bett geholfen, ehe ich gegangen war. Ich wollte nicht da sein, wenn Annie nach Hause kam. Ich nahm Schreibpapier und einen Umschlag, ging nach oben und legte mich zu Bett.
Lange lag ich bei brennendem Licht und dachte nach. Dann schrieb ich meinem Bruder einen langen, vertraulichen Brief, zunächst über den elenden schmerzlichen Zustand von Mr. Collopy; dann über den erschreckenden Vorfall, Annie betreffend. Ehe ich unterzeichnete, zögerte ich, und ein paar unbeherrschte Augenblicke lang dachte ich daran, ein wenig über mich und Penelope zu schreiben. Aber, Gott sei Dank, war meine Vernunft stärker. Ich sagte nichts davon, unterschrieb und versiegelte den Brief.

XIV

Die Antwort ließ nicht lange auf sich warten: sie kam in Form eines Päckchens und eines Briefes. Ich öffnete den Brief zuerst. Hier ist er:
»Vielen Dank für Deine recht beunruhigenden Mitteilungen. Aus allem, was Du mir sagst, ist mir klar geworden, daß Collopy an rheumatoider Arthritis leidet, wahrscheinlich an einer des peri-artikulären Typs. Wenn Du ihn dazu bewegen kannst, Dich einmal nachsehen zu lassen, wirst Du feststellen, daß die Gelenke geschwollen und deformiert sind, und Du wirst sehen, daß diese Schwellungen sich an Händen und Füßen, an den Knien, Fuß- und Handgelenken finden. Wahr-

scheinlich ist seine Temperatur erhöht, und völlige Bettruhe ist sehr anzuraten. Die Infektionsquelle bei rheumatoider Arthritis sind gewöhnlich schlechte Zähne und *Pyrrhoea alveolaris* des Zahnfleisches, daher sollte er sich Hanafins Kutsche kommen lassen und einen Zahnarzt aufsuchen. Aber glücklicherweise haben wir hier in der Akademie eine besondere Kur für diese Krankheit entwickelt, Voraussetzung ist allerdings, daß die Behandlung gewissenhaft durchgeführt wird. Ich schicke Dir gesondert eine Flasche unseres patentierten ›Schweren Wassers‹. Es liegt an Dir, dafür zu sorgen, daß er dreimal täglich nach den Mahlzeiten einen Löffel voll nimmt. Überzeuge Dich, bevor Du morgens das Haus verläßt, von der Verabreichung der ersten Dosis, frage, wenn Du aus der Schule kommst, ob er die zweite genommen hat, und kümmere Dich auch um die Abenddosis. Es wäre gut, Annie die Wichtigkeit dieser Behandlung und die Notwendigkeit der regelmäßigen Dosierung einzuschärfen...«

Als ich bis hierher gelesen hatte, öffnete ich das Päckchen und fand in vielen Schichten von Packmaterial eine große Flasche, die ein recht auffälliges Etikett trug. Darauf stand folgendes geschrieben:

Das Schwere Wasser.
Ein wundertätiges Spezialmittel
zur vollständigen Heilung
der Menschheitsgeißel Rheumatoide Arthritis
innerhalb eines Monats.
Dosis: ein Löffel dreimal täglich
nach den Mahlzeiten.
Hergestellt in den
Laboratorien der London Akademie.

Nun, man konnte es ja einmal versuchen, dachte ich, aber ich stellte die Flasche sofort ins Wasser und löste das Etikett, denn ich wußte, daß nichts Mr. Collopy dazu bringen würde, den Inhalt anzurühren, wenn er wüßte oder den Verdacht hätte, daß er von meinem Bruder herrührte. Danach fuhr ich in der Lektüre des Briefes fort:

»Es hat mich natürlich schockiert zu hören, daß Annie sich mit Eckenstehern am Kanal abgibt. Das sind drekkige Kunden, und wenn sie so weitermacht, dann wird eine Ansteckung unvermeidlich sein. Ich bin sicher, daß weder Du noch ich auch nur versuchen können zu erraten, wie listig und schlau oder wie völlig unwissend und unschuldig sie ist. Kennt sie die Fakten des Lebens? Ganz abgesehen von venerischen Krankheiten, kennt sie die Gefahr einer Schwangerschaft? Ich glaube nicht, daß das Erscheinen eines illegitimen Kindes auf der Türschwelle den rheumatischen Zustand Collopys bessern würde.

Du hast in Deinem letzten Brief nichts davon gesagt, daß Du glaubst, sie habe sich irgendwie angesteckt, aber wenn es der Fall sein sollte: eine Diagnose aus der Entfernung, ohne Untersuchung, wäre ziemlich schwierig. Ich glaube, wir können *Granuloma Inguinale* ausschließen. Es zeigt sich in sehr roten, rohen Schwären. Ein klares Symptom ist ansteigende Debilität und auffällige Gewichtsabnahme, oft endet diese Krankheit mit äußerster *cachexia* und Tod. Man trifft sie meist in tropischen Ländern, und sie befällt fast ausschließlich Neger.

Wir können sie ausschließen.

Aus einem ähnlichen Grund, weil sie so selten vorkommt, können wir auch die Möglichkeit einer *Lymphogranuloma Venereum* ausscheiden. Das ist eine Erkrankung der Lymphdrüsen und Lymphknoten, und man findet dabei Gruppen von schmerzenden, geschwollenen Knoten in der Inguinalgegend. Die Krankheit ist verbunden mit Kopfschmerzen, Fieber und Gelenkschmerzen. Der Erreger ist ein Virus. Aber auch *Lymphogranuloma Venereum* ist beinahe ein Monopol der Neger.

Am wahrscheinlichsten ist, daß Annie, sollte sie sich angesteckt haben, unter der Geißel von Seiner Majestät Gonococcus stöhnt. Bei Frauen sind die Symptome im Anfang so gering, daß man sie fast nicht bemerkt, aber es ist eine schmerzhafte und ernstzunehmende Invasion. Gewöhnlich ist Fieber die Folge einer Infektion der Beckenorgane. Komplikationen, vor denen man sich hüten muß, sind: Endocarditis. Meningitis und Hautverfall. Durch Gonokokken hervorgerufene Endocarditis kann tödlich sein.

Dann ist da natürlich noch die ›Hauptsache‹. Diese Krankheit wird von einem Virus hervorgerufen, der als *Spirochäta pallida* oder *Trueponema pallidum* bekannt ist. Man hat dabei Hautausschlag, krankhafte Veränderung der Lippen, Vergrößerung der Lymphdrüsen, Haarausfall, Augenentzündung, Gelbsucht infolge Leberschaden, Krämpfe, Taubheit, Gehirnhautentzündung und manchmal Koma. Der letzte Akt, der schwerste, nimmt gewöhnlich eine *cardiovasculare* Form an, wobei die krankhaften Veränderungen hauptsächlich in der Brustaorta, in der Nähe des Herzens, ihren Sitz haben. Das dehnbare Gewebe wird zerstört, die Aorta schwillt an und eine sackartige Erweiterung oder ein

Aneurisma kann sich bilden. Plötzlicher Tod ist sehr häufig. Andere Folgen sind totale Lähmung, Unkontrollierbarkeit der Bewegungen und völlige Verseuchung des Körpers und seiner verschiedenen Organe. Meine Londoner Akademie-Laboratorien bringen ein Mittel auf den Markt, das eigentlich drei Mittel in einem umfaßt: ›Schlummerlied der Liebe‹, aber da dieses Spezifikum bei Personen, die gar nicht angesteckt sind, Krämpfe und Schwindel hervorruft, so wäre es nicht ratsam, es unbesehen für Annie zu verschreiben.

Ich würde anraten, daß du sie in diesem Stadium unter strengste Beobachtung nimmst und versuchst, irgendwelche Symptome zu entdecken. Setze Dich gegebenenfalls wieder mit mir in Verbindung. Vielleicht kannst Du etwas zur Vorbeugung tun, zum Beispiel unversehens die Bemerkung fallenlassen, daß die Zustände am Kanalufer einfach skandalös sind, daß Männer und Frauen sich dort herumtreiben, bis unter die Augen voller Ausschlag, besoffen von Methylalkohol, die Gehsteige von bazillenwimmelnder Kotze überflutet sind und daß es für einen Christenmenschen nicht ratsam ist, auch nur dort vorbeizugehen. Du könntest hinzufügen, daß Du dabei bist, an die Städtische Polizei zu schreiben und die Verhaftung von Personen zu fordern, die dort herumstreunen. Wir wissen alle, daß Annie wahrscheinlich ein ganz durchtriebenes Früchtchen ist, aber wahrscheinlich kann man ihr doch noch Angst einjagen. Andererseits könnte man überlegen, ob Du nicht das, was Du weißt, Mr. Collopy erzählen solltest, denn für einen Vater wäre es leichter, ganz offen mit der eigenen Tochter über diese sehr ernste Sache zu sprechen, im-

merhin könnte es ja möglich sein – wenn auch nicht wahrscheinlich –, daß Annie unschuldig und ganz unwissend ist; ja, es wäre seine Pflicht, mit ihr zu sprechen. Wenn Du Dich in der Lage siehst, die letztere Lösung zu wählen, dann wäre es auch ganz natürlich, Pater Fahrt einzuweihen, denn die Sache hat ja auch eine geistliche Seite, das ist klar; wenn es Dir aber peinlich ist, die Initiative zu ergreifen, da Du ja die Beteiligten täglich siehst, dann könnte ich von hier aus an Mr. Collopy oder Pater Fahrt oder an beide schreiben und ihnen mitteilen, welche Informationen ich bekommen habe (ohne die Quelle zu verraten), und sie bitten, Schritte zu unternehmen, um Schlimmes zu verhindern oder zu heilen.
Ich muß jedoch sagen, daß ich daran zweifle, daß Annie sich überhaupt in Schwierigkeiten befindet, und das beste ist vielleicht, was Dich betrifft, sehr wachsam zu sein, mir Bericht zu erstatten, wenn Du Symptome entdeckst oder andere Entwicklungen, und im Augenblick keine anderen Maßnahmen zu ergreifen.«
Nun, das war ein langer und ziemlich aufgeblähter Brief, aber ich mußte dem letzten Abschnitt beipflichten. Tatsächlich schlug ich mir die ganze Sache aus dem Kopf und widmete mich allein dem Rheumatismus von Mr. Collopy.

XV

Ich überreichte pflichtgemäß die Flasche mit Schwerem Wasser Mr. Collopy und sagte ihm, es sei ein Wundermittel gegen Rheumatismus, das ich von einem befreundeten Apotheker bekommen hätte. Dazu überreichte ich ihm einen Eßlöffel und sagte ihm, er müsse dreimal täglich nach jeder Mahlzeit einen Eßlöffel voll nehmen, und ich fügte hinzu, ich würde ihn ständig daran erinnern.

– Also gut, sagte er, ich weiß nicht recht. Sind irgendwelche Salze drin?

– Nein, ich glaube nicht.

– Ist irgendeine Art Bromid oder Salpeter drin?

– Nein. Ich glaube, dieses flüssige Zeug enthält hauptsächlich Vitamine. Ich würde sagen, es ist vorwiegend ein Stärkungsmittel fürs Blut.

– Ah, so? Das Blut ist natürlich die Hauptsache. Es ist wie die Hauptfeder in einer Uhr. Und wenn ein Mensch sein Blut vernachlässigt, wird er bald mit allen möglichen Sorten von Furunkeln und Pickeln bedeckt sein. Und mit Pusteln.

– Und Rheumatismus, fügte ich hinzu.

– Und wer ist dieser Apotheker, und wo wohnt er?

– Er ... nun ... es ist ein Bursche namens Donelly, den ich kenne. Er arbeitet bei Hayes, Conyngham und Robinson. Er hat natürlich sein Apothekerdiplom.

– Oh, sehr gut. Ich werd's versuchen. Ich bin ja fast schon ein Krüppel und habe nichts mehr zu verlieren.

– Nein, wirklich nicht.

Er nahm auf der Stelle den ersten Eßlöffel voll, und nachdem er es eine Woche eingenommen hatte, sagte er, er fühle sich besser. Ich war erleichtert und betonte, wie notwendig es sei, das Mittel weiter einzunehmen. Von Zeit zu Zeit schrieb ich an meinen Bruder und ließ eine neue Flasche schicken.

Nach sechs Wochen stellte ich bei den Bewegungsversuchen des Patienten etwas sehr Merkwürdiges fest. Er konnte nur noch mit äußerster Anstrengung und langsam gehen, und der Boden unter seinen Füßen knirschte. Eines Abends, als ich im Bett lag, hörte ich ein splitterndes Geräusch aus seinem Schlafzimmer neben der Küche und fuhr hoch. Ich rannte hinunter und fand ihn außer Atem und hilflos in den Überresten seines Bettes verfangen. Die Sprungfedermatratze, von Mrs. Crottys allnächtlicher Diurese (oder Bettnässen) durchgerostet und verschlissen, schien unter Mr. Collopys Gewicht zusammengebrochen zu sein.

– Der Himmel weiß, sagte er mit schriller Stimme, ist das nicht ein netter Zustand? Hilf mir hier heraus.

Ich half ihm heraus, was sehr schwierig war.

– Was ist denn passiert, fragte ich.

– Gott, siehst du denn nicht? Die ganze Schießbude ist unter mir zusammengebrochen.

– Das Feuer in der Küche brennt noch. Ziehen Sie Ihren Mantel an und ruhen Sie sich dort aus. Ich räume das hier weg und besorge ein anderes Bett.

– Schön. Diese Katastrophe hier hat mich ganz schön mitgenommen. Ich glaube, was ich jetzt brauche, sind zwei oder drei Schluck aus dem Krug.

Ich war nicht in sehr guter Laune, als ich das Bett abschlug und seine Bestandteile im Flur draußen gegen die Wand stapelte. Dann nahm ich das Bett meines Bruders auseinander und stellte es in Collopys Zimmer auf.

– Ihr Bett steht bereit, Sir, sagte ich zu ihm.

– Junge, das war aber rasche Arbeit, sagte er. Ich geh rein, sobald ich meinen Schlaftrunk genommen habe. Du kannst schon ins Bett gehen.

Am folgenden Tag, einem Sonntag, ging ich zu unserem

Nachbarn und lieh mir dessen Waage. Als es mir gelungen war, Mr. Collopy auf das kleine Podest der Waage zu postieren, zeigte die Nadel sein Gewicht mit dreieinhalb Zentnern an! Ich war vollkommen fassungslos. Ich prüfte die Waage, indem ich mich selbst draufstellte, und sie stimmte. Das Überraschende war, daß Mr. Collopy an Größe und Umfang nicht zugenommen hatte. So konnte ich dieses ungewöhnliche Gewicht nur dem Schweren Wasser meines Bruders zuschreiben, und so schrieb ich ihm einen dringenden Eilbrief und erklärte ihm, was vorgefallen war. Und der Brief, den ich als Antwort bekam, war in sich selbst eine weitere Überraschung. Folgendes stand darin:

»Nicht nur am Warrington Place geschehen überraschende Dinge; auch hier. Vor einer Woche starb die Mutter meines Kompagnons Milton Byron Barnes. In ihrem Testament, das gestern eröffnet wurde, hinterließ sie ihm ihr Haus und ungefähr 20 000 Pfund bar, und sie hinterließ MIR 5000 Pfund! Was hältst Du davon? Es sieht so aus, als ruhe Gottes Segen auf meiner Akademie.

Was Du mir über Mr. Collopy geschrieben hast, tut mir wirklich sehr leid. Die Ursache davon ist nur zu klar – erhebliche Überdosierung! Die Bezeichnung E-Löffel auf dem Etikett bedeutet also nicht Eßlöffel, sondern Eierlöffel. Richtig angewendet, sollte das Schwere Wasser ein langsames und kontrolliertes Ansteigen des Körpergewichts zur Folge haben, und das wiederum sollte ein Stärkung der rheumatoiden Gelenke mit sich bringen, da sie ja mit dem ansteigenden Gewicht wieder verstärkt in Funktion treten müßten. Unglückseligerweise ist das alarmierende Übergewicht, von dem Du

berichtest, die Folge des Schweren Wassers, das ist nicht zu leugnen; und es gibt kein Gegenmittel. In einer solchen Situation müssen wir unser Vertrauen auf Gott setzen. In demütigem Dank für das Legat, das mir zugefallen ist, habe ich mich entschlossen, Collopy und Pater Fahrt eine Pilgerfahrt nach Rom zu ermöglichen. Der gegenwärtige Papst, Pius X. oder Giuseppe Sarto, ist ein sehr feiner und heiligmäßiger Mann, und ich halte es für eine nicht im geringsten anmaßende Erwartung, auf ein Wunder zu hoffen, das Mr. Collopy wieder auf sein normales Gewicht zurückbringt. Außerdem wird die Reise ihn körperlich stärken, denn ich habe vor, von London aus den Seeweg zum Hafen Ostia am Mittelmeer zu wählen, der nur etwa sechzig Meilen von der Ewigen Stadt entfernt liegt. Bitte gib den beiden Pilgern entsprechende Anweisungen und Informationen und sag ihnen, sie sollten sich sofort um Pässe bemühen und ihre Koffer packen.
Mit der Anwendung des Schweren Wassers solltest Du jetzt besser aufhören, und es ist nicht erforderlich, Mr. Collopy in das geistliche Ziel unserer Pilgerfahrt einzuweihen. In ungefähr einer Woche schreibe ich wieder.«

XVI

Es dauerte nicht lange, da zeitigte die schnelle und geschickte Methode meines Bruders Ergebnisse. Bevor Mr. Collopy Zeit hatte, sich der Pässe wegen in Bewegung zu setzen, erhielt er schon aus heiterem Himmel Antragsformulare für einen Paß zugeschickt. Und natürlich steckte mein Bruder dahinter. Pater Fahrt hörte nichts, er mußte schon einen Paß haben, wie anders hätte er nach Irland kommen können! Ein paar Tage später erhielt ich selbst ein eingeschriebenes Päckchen, das Visa-Anträge enthielt, die von Mr. Collopy und Pater Fahrt sofort ausgefüllt und an meinen Bruder nach London geschickt werden sollten. Er schrieb dazu:

»Sieh zu, daß die beiliegende Visa-Anträge ausgefüllt und innerhalb achtundvierzig Stunden an mich zurückgeschickt werden. Würdest Du, falls Collopy mit seinem Paß noch nicht zu Rande gekommen ist, die notwendigen Laufereien auf Dich nehmen und notfalls einen Fotografen bitten, ins Haus zu kommen? In neun Tagen fahren wir mit der Moravia in Tilbury ab, und wir möchten nicht, daß nebensächlicher Dinge wegen und um ein paar Pfund zu sparen, Verwirrung entsteht. Richte Pater Fahrt aus, er brauche sich wegen der kirchlichen Reiseerlaubnis keine Sorgen zu machen, denn ich habe mit dem Provinzial der Englischen Jesuiten schon Fühlung aufgenommen, und Du kannst Dich drauf verlassen, daß schon ein Brief in die Leeson Street unterwegs ist.

Ich habe auch schon drei Erster-Klasse-Billetts nach Ostia bei Rom besorgt. Übrigens ist der Kardinalerzbischof von Ostia Dekan des Heiligen Offiziums, und da wir planen, vom Heiligen Vater in Privataudienz empfangen zu werden, könnte es ganz nützlich sein, wenn wir en route mit ihm Kontakt aufnähmen. Vielleicht schreibt Pater Fahrt ihm eine Zeile.

Wo es um eine Audienz geht, sind natürlich dunkle Anzüge erforderlich, aber richte Collopy aus, er brauche sich nicht darum zu kümmern. Ich werde ihn

entweder hier in London oder wenn wir nach Rom kommen, schon hübsch ausstaffieren.
Im Hotel ›Elite et des Etrangers‹, einem großen Haus mit Aufzug, in der Nähe des Bahnhofs, habe ich in der ersten Etage zwei miteinander verbundene Zimmer bestellt. Pater Fahrt wird sich selbst um Unterbringung kümmern müssen, denn diesen Burschen ist es nicht erlaubt, in Hotels zu wohnen. Hier wird er wahrscheinlich bei den Jesuiten oder in irgendeinem Kloster wohnen.
Ich lege einhundertundzwanzig Pfund in Banknoten bei, je vierzig Pfund davon sind für Collopy und Pater Fahrt für die Reise Dublin-London, zwanzig Pfund sind für Dich, um die Kosten der Einschiffung zu decken, zwanzig für Annie, um sie zu beruhigen. Sag ihr, sie soll sich, während ihr treuer Vater sich in wichtiger geistlicher Mission unterwegs befindet, von den fatalen Ufern des Kanals fernhalten.
Richte es so ein, daß Hanafin kommt, um die Gesellschaft zum Bahnhof Westland Row zu bringen, damit sie am Abend des siebten den allerersten Zug nach Kingstown bekommen. Spare nicht mit reichlichen Trinkgeldern für Gepäckträger und andere, die Collopy während dieser schwierigen Operationen beistehen und ihn notfalls tragen müssen. Bewaffne Dich selbst für die Fahrt bis zum Schiff mit einem Viertelliter, aber sage Pater Fahrt, er möge Collopy von starken Getränken an Bord abhalten, denn wahrscheinlich hat er fast überhaupt keine Erfahrung mit Seereisen, und wenn er seekrank wird, verschlimmert sich durch Trinken die Sache noch mehr.
Ich werde die Gesellschaft am Morgen des achten am

Bahnhof Euston abholen, mit dem erforderlichen Beistand und Transportmitteln.
Bitte kümmere Dich zuverlässig um alle diese Einzelheiten, und wenn irgend etwas dazwischenkommt, schicke mir ein Telegramm.«

Und tatsächlich sollte es sich genauso abspielen.
Ich meinerseits hatte Mr. Collopy angehalten, zwei neue Anzüge zu kaufen, einen dickeren für die Reise und einen leichten für das römische Wetter. Er weigerte sich aber strikt, sich einen neuen Mantel zu kaufen, und brachte ein fehlerloses, aber putziges Kleidungsstück zutage, in dem er, wie er sagte, mit seiner ersten Frau getraut worden war. (Ich hatte noch nie von jemandem gehört, der im Mantel getraut worden war.) Pater Fahrt verstand, da er kontinentaler Herkunft war, alles genau und bedurfte in keinem Detail irgendeiner Anweisung. Er machte kein Hehl aus seiner Erregung angesichts der Tatsache, daß er dem Heiligen Vater persönlich begegnen würde, und er sprach darüber nicht wie über etwas, das möglich, sondern schon arrangiert war. Ich konnte mir nur denken, daß er den Apparat seines Ordens, demgegenüber auch der Papst nicht immun ist, schon in Bewegung gesetzt hatte.
Am späten Nachmittag des siebten saßen die beiden Reisenden geschniegelt und gebügelt auf ihren gewohnten Plätzen in der Küche, erfrischten sich aus dem Krug und wirkten sehr munter. Wenigstens dieses eine Mal zeigte Annie leichte Spuren von Erregung.
– Möchten Sie vielleicht Schinkenbrote mit auf die Reise? fragte sie.
– Mein Gott, Mädchen, sagte Mr. Collopy ehrlich über-

rascht, denkst du, wir gingen in den Zoo? Oder zu den Rennen in Leopardstown?

– Nun, Sie könnten doch Hunger bekommen.

– Ja, sagte Mr. Collopy ziemlich laut, das könnten wir allerdings. Aber gegen Hunger gibt es ein sehr bewährtes Mittel. Und weißt du, welches? Ein verdammt gutes Abendessen. Sirloin Steak, Röstkartoffeln, Spargel, Wirsing á la Savoy und Selleriesauce, soviel das Herz begehrt. Und vorher natürlich einen Teller heiße Pilzsuppe mit französischen Brötchen. Außerdem neben jedem Teller eine Flasche Claret, Marke Schloßberg.

– Diese Mahlzeit finde ich nicht sehr homogen, Collopy.

– Vielleicht nicht homogen, aber nahrhaft, wie?

– Nun, umbringen würde es Sie nicht.

– Das ist mal todsicher; solange meine Mutter lebte, hat es mich nicht umgebracht. Gott behüte – das war noch eine Frau, die konnte noch einen Fladen aus Weizenmehl backen. Darauf einen Schlag Honig, und das Bankett war fertig, Mann.

– Die einzigen Geschöpfe, die vernünftig essen, sagte Pater Fahrt, sind die Tiere. Fast alle Menschen überessen sich und bringen sich mit Nahrungsmitteln um.

– Die in den Slums ausgenommen, verbesserte Collopy.

– Ach ja, sagte Pater Fahrt traurig. Deren Verhängnis ist billiger Schnaps oder – was noch schlimmer ist, Methylalkohol. Gott erbarme sich ihrer!

– In manchem sind sie uns überlegen, sie haben eine gußeiserne Konstitution.

– Ja, aber Säure greift auch Eisen an. Ich glaube, viele dieser armen Menschen kaufen Mengen von Haarwasser. Nur nicht für ihre Haare. Sie trinken es.

– Ach, da fällt mir etwas ein. Reichen Sie mir Ihr Glas. Was ich hier habe, ist kein Haarwasser.
Während er mit den Trankopfern beschäftigt war, klopfte es. Ich rannte zur Tür und ließ Hanafin herein.
– Nun, Herr im Himmel, strahlte er, als er die beiden am Herd sitzen sah.
– 'n Abend, Hanafin, sagte Mr. Collopy. Setzen Sie sich 'ne Minute hin. Annie, hol ein Glas für Hanafin.
– Los geht's also heute abend und weit über die salzige See?
– Ja, Mr. Hanafin, sagte Pater Fahrt. Wir haben auf dem Festland wichtige Dinge zu erledigen.
– Ja, sagte ich, und Sie, Mr. Hanafin, haben genau vier Minuten, um Ihr Glas auszutrinken. Ich muß sehen, daß der Fahrplan eingehalten wird. In vier Minuten brechen wir alle zum Bahnhof Westland Row auf. Ich sprach nachdrücklich und streng.
– Ich muß schon sagen, meine Herren, so gut haben Sie noch nie ausgesehen. Geschniegelt und gebügelt, und Sie, Mr. Collopy, hab ich noch nie mit so roten Backen gesehen.
– Das ist nur mein Blutdruck, sagte Mr. Collopy spaßhaft.
Ich hielt mich streng an meine Vier-Minuten-Frist. Als sie um war, standen wir auf und widmeten uns der Aufgabe, Mr. Collopy in seinen altmodischen engen Mantel zu zwängen. Als das getan war, bemühten wir uns mit Erfolg, ihn, indem wir ihn teils stützten, teils zerrten, zur Kutsche zu befördern, dann, mit dem Beistand von Pater Fahrt, ihn in den Rücksitz zu hieven. Als er sich nach hinten auf den Sitz fallen ließ, stöhnten die Federn auf. Kurz danach setzte der bejahr-

te Marius sich lässig in Trab, und fünfzehn Minuten später legten wir vor dem Bahnhof Westland Row an. Von der Straße bis zum Bahnsteig führt dort eine hohe Treppe hinauf.

– Alle warten hier, bis ich zurück bin, sagte ich. Ich stieg die Treppe hinauf und ging auf einen Gepäckträger zu, der neben dem fast leeren Bootszug stand.

– Hören Sie, sagte ich, unten in einer Kutsche ist ein schwerer Mann, er kann allein die Treppe nicht rauf. Wenn Sie noch jemand holen und runterkommen und uns helfen, gibt's für jeden zehn Schilling.

Er strahlte, bellte Mick zu, und kurz danach stiegen wir drei runter. Mr. Collopy aus der Kutsche herauszubekommen, war mehr eine Frage der Strategie als der Kraft, aber bald stand er atemlos und zitternd auf dem Bürgersteig.

– Und jetzt, Mr. Collopy, sagte ich, kommt das Schlimmste, die Treppen, aber wir sind ja zu vieren, und wir werden Sie rauftragen.

– Nun, dann also los, sagte Mr. Collopy freundlich. Ich habe gehört, den römischen Kaiser haben sie immer übers Forum getragen, und seine Kleider waren aus reinem Gold.

Ich postierte an jede seiner Schultern einen Träger, der ihm unter die Arme greifen mußte, Hanafin und ich übernahmen jeder ein Bein, als wären es Wagendeichseln. Offensichtlich waren die Träger ziemlich erschrokken über die Fracht, die sie übernommen hatten, doch wir nahmen die Treppe in Angriff, versuchten dabei, unseren Passagier möglichst horizontal zu halten, und der Transport ging nicht allzu beschwerlich vonstatten. Pater Fahrt eilte uns voran, öffnete die Tür eines leeren

Erster-Klasse-Abteils, und Mr. Collopy wurde aufrecht auf den Boden hingestellt. Er war sehr munter, strahlte nach allen Seiten, als habe er soeben eine erstaunliche Tat vollbracht. Mr. Hanafin eilte hinunter, um das Gepäck zu holen, während ich die Fahrkarten löste.

Es war fast eine Dreiviertelstunde vor Abfahrt des Zuges und eine halbe Stunde, bevor jemand ins Abteil kam. Ich förderte ein kleines Glas zutage und reichte es Mr. Collopy, der sehr erstaunt darüber war. Dann holte ich aus meiner Hüfttasche eine flache Viertelliterflasche.

– Ich habe schon etwas Wasser in das Zeug getan, sagte ich. Sie können also unbesorgt davon trinken.

– Also, ihr barmherzigen Märtyrer im Himmel, sagte Mr. Collopy vergnügt, Pater Fahrt, haben Sie schon so was gesehen? Whiskey trinken in einem Erster-Klasse-Abteil, wo wir doch auf 'ner Pilgerfahrt sind, um vor den Heiligen Vater hinzuknien.

– Bitte nehmen Sie nicht zuviel, sagte Pater Fahrt ernst, es gehört sich nicht in der Öffentlichkeit.

Als der Zug neben dem Postboot in Kingstown hielt, wiederholte ich meine strategische Operation mit den beiden Trägern. Auf seinen eigenen Wunsch setzten wir Mr. Collopy in den Speisesaal des Schiffes. Ich war erschöpft und sagte ihm und Pater Fahrt, ich müsse weg.

– Gott segne dich für deine Hilfe, mein Junge, sagte Pater Fahrt.

Wenn du nach Hause kommst, sagte Collopy, sag Annie, daß am Fußende meines Bettes zwei Paar schmutzige Socken liegen. Sie müssen gewaschen und gestopft werden.

– Gut.

– Und wenn Rafferty kommt wegen der Hydrometerergebnisse, sag ihm, er soll den Apparat weitergeben. Notier dir das. Als nächste ist Mrs. Hayes in Sandymount an der Reihe, dann Mrs. Fitzherbert in Harolds Cross. Er kennt die Leute. Und bis dahin bin ich wieder zu Hause.
– Sehr gut. Und jetzt auf Wiedersehen und alles Gute.
So fuhren sie also los. Und wie erging es ihnen nun? Diese seltsame Geschichte wurde mir nur stückweise offenbart, in kleinen Skizzen, die ich von meinem Bruder erhielt und die ich jetzt zitiere.

XVII

Ungefähr drei Wochen nach Abfahrt der Reisenden erhielt ich von meinem Bruder folgenden Brief:
»Da sind wir also in Rom. Im Hotel ›Elite et des Etrangers‹. Der Frühling kommt hier früher, und es ist schon sehr warm. Unsere Reise auf der Moravia bis Ostia verlief ohne viel Zwischenfälle, und ich habe viel Spaß gehabt. Seit Jahren bin ich nicht so betrunken gewesen, doch ein Engländer, mit dem ich mich anfreundete, war noch betrunkener. Er fiel hin und brach sich das Bein. Auch Collopy, der nie Anzeichen von Seekrankheit zeigte, trank viel, blieb aber die meiste Zeit im Bett (Gott sei Dank hatten wir anständige Betten und nicht diese schrecklichen Kojen)! Der erste Versuch, ihn auf schwankendem Boden anzuziehen, nahm Pater Fahrt, mich und einen Steward fast für eine Stunde in Anspruch. Als er einmal angezogen war, fand er es fast unmöglich, sich an Bord des Schiffes zu bewegen. Ich hatte einem zweiten Steward nicht etwa

nur ein Trinkgeld, sondern ein ziemlich happiges Salär zu geben, damit er ihn führe, aber Gangways und Treppen erwiesen sich als nahezu unüberwindlich. Danach brachte ich gewöhnlich Leute zu ihm ins Schlafzimmer hinunter, die mit ihm tranken und schwätzten. Er war nicht im geringsten bedrückt wegen seiner Lage, und die Seeluft hatte sicher eine gute Wirkung auf ihn. Pater Fahrt ließ uns ziemlich im Stich. Er hatte bald herausgefunden, daß sich vier Mitglieder seines Ordens an Bord befanden, und mit diesen klebte er den größten Teil des Tages dann zusammen. Er kam nur abends zu Collopy hinunter, und aus irgendeinem Grunde lehnte er es ab zu trinken. Er sieht sehr gut aus, ist in guter Stimmung und wohnt jetzt hier bei den Jesuiten. Treu kommt er jeden Morgen pünktlich gegen elf Uhr ins Hotel.

Collopy ist auf *terra firma* viel leichter anzuziehen und handzuhaben – natürlich könnte er sich selbst anziehen, wenn er die Vagabundenkluft anhätte, die er in Dublin trägt –, und wir verbringen den Vormittag bis zum Lunch meistens damit, in der Sonne zu sitzen und zu schwätzen. Irish Whiskey ist unmöglich zu bekommen, und Collopy trinkt Absinth. Ich selbst trinke soviel Brandy, daß ich manchmal Angst vor einem Herzanfall bekomme. Am Nachmittag mieten wir meistens eine Pferdekutsche und machen eine gemächliche Besichtigungstour zum Colosseum oder zum Forum; zweimal waren wir schon auf dem Petersplatz. Abends achte ich darauf, daß Collopy zu Bett gebracht wird und verschwinde einfach bis in die frühen Morgenstunden. Ich habe festgestellt, daß die Ewige Stadt voller Bordelle ist, aber bis jetzt habe ich mich davon ferngehalten. Es gibt

einige verdammt schicke Nachtklubs hier, die meisten, wie man mir sagt, illegal.
Und jetzt zu den internen Manipulationen. Ich wußte, wir konnten uns darauf verlassen, daß Pater Fahrt, ohne darum gebeten worden zu sein, schon unsere Pläne schmieden würde. Gestern morgen brachte er einen Monsignore Cahill an, einen Corker, sehr bemerkenswerter Typ. Er ist beim Vatikan eine Art Beamter und der persönliche Betreuer des Heiligen Vaters. Er ist nicht nur Dolmetscher und spricht perfekt mindestens acht Sprachen (wie er sagt), er ist außerdem Stenograf und schreibt alle Bemerkungen und Ausführungen mit, die der Heilige Vater während der Audienzen macht. Er übersetzt auch mündlich die Ergebenheitsadressen der Pilger, mitschreiben tut er aber nur die Antworten. Er ist ein sehr freundlicher Herr, ist immer aufrichtig erfreut, wenn er jemand aus Irland trifft, und weiß ein gutes Glas Wein sehr zu schätzen. Er hat Collopy ins Herz geschlossen, der zu meiner großen Überraschung eine genaue Kenntnis der Stadt Cork bewies.
Cahill versprach, alles zu tun, was in seiner Macht liege, um uns eine Privataudienz zu verschaffen, aber Pater Fahrt hat noch einen viel stärkeren Trumpf im Ärmel. Er kennt – oder hat es sich zur Aufgabe gemacht kennenzulernen – einen gewissen Kardinal Baldini. Der ist, was man einen Päpstlichen Hausprälaten nennt, und hat jeden Tag in den päpstlichen Gemächern zu tun. Natürlich hat er einen enormen Einfluß und kann alles zustande bringen. Pater Fahrt ist sehr zugeknöpft und hat Collopy noch nichts fest versprochen, nur gesagt, daß der Papst viel zu tun habe und man Geduld haben müsse. Ich persönlich habe keinen Zweifel, daß die

Audienz zustande kommt. Ich glaube so fest daran, daß ich Collopy schon seine Ausstaffierung gekauft habe. Kardinal Baldini ist Franziskaner und lebt im Franziskaner-Konvent an der Via Merulana, wo auch die sehr schöne Kirche Santo Antonio di Padua steht (mein Italienisch macht sich). Das wär's für heute. In ein paar Tagen mehr. M.
P.S. Halt Annie im Auge. Ich hoffe, es ist kein Kanalunsinn im Gang.«

XVIII

Der nächste Brief, den ich eine Woche später erhielt, war sehr kurz. Hier sein Inhalt:
»Nun, das Erwartete ist eingetroffen. Heute morgen kam Pater Fahrt wie üblich, und nach einigem nebensächlichen Gerede erwähnte er ganz beiläufig, Collopy und ich sollten uns gegen sechs Uhr abends ausstaffieren, denn wir würden alle Kardinal Baldini in seinem Kloster einen Besuch abstatten. Das war eine ziemlich dramatische Enthüllung. Offensichtlich hatte Pater Fahrt nach Jesuitenart still und heimlich hinter den Kulissen gearbeitet. Ich wußte, daß die Privataudienz schon abgemacht war, sagte aber nichts.
Nachdem ich zunächst mich selbst zurechtgemacht hatte, begann ich vorsichtigerweise schon um fünf damit, Collopy in Kluft zu werfen, und das war ein kluger Schachzug, denn es dauerte fast eine Stunde. Er sah, als er fertig war, ziemlich komisch aus.
Wir fuhren mit Pater Fahrt in die Via Merulana. Das Kloster ist ein einfaches, strenges und feierliches Gebäude, aber offensichtlich sehr groß. Das Sprechzimmer

war ganz behaglich, aber voller Heiligenbilder. Kardinal Baldini entpuppte sich als sehr kleiner, dicker Mann, sehr jovial. Wir küßten seinen Ring, und er begrüßte uns in perfektem Englisch. Dann setzten wir uns bequem hin.

›Und wie geht es allen meinen Freunden in Dublin?‹ fragte er Collopy.

›Es geht ihnen ausgezeichnet, darauf können Sie sich verlassen, Eure Eminenz. Ich wußte gar nicht, daß Sie in Dublin waren.‹

›Ich war im Jahr 1896 dort. Und in England war ich zehn Jahre.‹

›Ach, wirklich.‹

Dann fing Pater Fahrt an, ihn anzuöden, welchen Reiz doch Reisen in fremde Länder hätten, wie es den Horizont erweitere und den Katholiken zeige, wie universal die universale Kirche sei.

›Ich war nie fürs Umherschweifen‹, sagte Collopy, ›ein Mann sollte irgendwie da bleiben, wo er seine Aufgabe zu erfüllen hat.‹

›Sehr wahr‹, sagte Kardinal Baldini, ›aber unser Weinberg ist wirklich sehr ausgedehnt. Und er wird mit jedem Jahr größer. Bedenken Sie, was noch getan werden muß in Afrika, in China und in Japan.‹

›Ich kann mir vorstellen, wie ungeheuer viel da zu tun ist‹, sagte Collopy, ›denn ich habe selbst auf meine Art etwas Missionsarbeit geleistet, natürlich keine religiöse.‹

Hier fing Pater Fahrt an, über den Mittelpunkt aller Religionen zu sprechen – über den Vatikan und den Heiligen Vater.

Schließlich wandte sich der Kardinal an Collopy und

sagte: ›Ich glaube, Mr. Collopy, Sie und Ihre kleine Gesellschaft würden gern in Privataudienz vom Heiligen Vater empfangen?‹

›Eure Eminenz, das wäre wirklich eine große Ehre für uns.‹

›Nun, ich habe es schon abgemacht. Am Nachmittag des Tages, der auf den morgigen Tag folgt, um vier Uhr.‹

›Wir sind Ihnen alle sehr dankbar, Eure Eminenz‹, sagte Pater Fahrt.

Und das war schon alles. Wir fuhren ins Hotel zurück und waren sehr vergnügt. Ich ging sofort in die American Bar, um zu feiern. Wenn Du diesen Brief bekommst, ist die Audienz schon gewesen. Ich schreibe Dir sofort und berichte Dir darüber. M.«

XIX

Den nächsten ungewöhnlichen Brief muß ich für sich selbst sprechen lassen. Er brach mir fast das Herz.

»Seit der Audienz sind schon einige Tage vergangen, und ich verdanke es nur Monsignore Cahills Hilfe, daß ich Dir diesen Brief schreiben kann. Bitte bewahre ihn sorgfältig auf, ich habe keine Abschrift.

Es hat schrecklichen, entsetzlichen Stunk gegeben.

Genau gesagt: Der Papst hat uns allen gesagt, wir sollten uns zum Teufel scheren. Und er hat Pater Fahrt Redeverbot angedroht.

Wenn Du auf den Petersdom zugehst, liegt der päpstliche Palast rechts davon, und gleich hinter dem Eingang brachte Pater Fahrt uns in ein kleines Büro der Schweizergarde. Das war der verabredete Ort, und fünf

Minuten später erschien Kardinal Baldini, begrüßte uns und schenkte jedem von uns einen dicken Führer oder Katalog, denn wir hatten noch viel Zeit und spazierten durch dieses riesige, verwirrende und blendende Gebäude, und er erklärte uns alles, zeigte uns die Loggia Gregors XIII. – eine wunderbare Galerie, den Thronsaal und die Sala Rotunda, eine Rundhalle voller Statuen, auch den Raffael-Saal, wo viele Gemälde des großen Meisters hängen; einen Teil des Vatikanischen Museums, die Sixtinische Kapelle und vieles andere, an das ich mich nicht mehr erinnern kann, auch vom Redestrom des Kardinals habe ich nicht viel behalten, außer, daß der Vatikan auch einen Pfarrer hat (nicht der Papst). Die Pracht des Ganzen war überwältigend. Gott möge mir vergeben, aber ich fand es stellenweise ein bißchen vulgär, all das Gold und die Vergoldung wurden mir manchmal ein bißchen zuviel.

›Der verstorbene Leo‹, sagte Kardinal Baldini, ›war sehr vertraut mit Königen und Prinzen, und er wußte die Künste und höchste Bildung zu schätzen. Natürlich, seine *Rerum Novarum*, das war für die arbeitenden Klassen eine große Sache, aber der Papst der Armen und Demütigen, das ist der Mann, dem Sie begegnen werden. Wenn er Ihnen helfen kann, wird er es tun.‹

›Wirklich?‹ fragte Collopy.

Mir fiel das Wunder ein, das wir, Collopys Körpergewicht betreffend, erhofften. Aber davon hatten wir ihm noch gar nichts erzählt.

Wir kamen zu einer Tür und betraten einen sehr schönen Raum. Es war das Vorzimmer zum Studierzimmer des Papstes. Der Kardinal bat uns zu warten und verschwand durch eine zweite Tür.

Der Raum war sonderbar ruhig. Nach einigen Minuten öffnete sich die zweite Tür, und der Kardinal winkte uns heran. Wir ließen Collopy den Vortritt, er ging langsam an seinem Stock voraus, dann folgte ich, und Pater Fahrt kam als letzter.
Der Heilige Vater saß hinter seinem Schreibtisch. Monsignore Cahill in einigem Abstand rechts hinter ihm. Pius X. war ziemlich klein, dünn und sah recht alt aus. Er lächelte uns schwach zu, stand auf und kam um den Schreibtisch herum auf uns zu. Wir knieten nieder und küßten den Fischerring, und seine Stimme hob sich, als er anfing, Latein zu sprechen und uns, wie ich annehme, den apostolischen Segen erteilte.
Dann ging er zu seinem Stuhl hinter dem Schreibtisch zurück, während wir Pilger und der Kardinal nach vorne gingen und uns ihm gegenüber auf die Stühle setzten. Ich suchte mir einen Stuhl ganz an der Seite aus, denn ich hatte nicht vor, mich am Gespräch zu beteiligen, und wollte auch nicht, daß Fragen an mich gerichtet würden. Ich stellte fest, daß Monsignore Cahill Papier und Bleistift bereithielt.
Der Papst sagte irgend etwas auf italienisch zu Mr. Collopy, Monsignore Cahill übersetzte sofort und übersetzte ebenso schnell dessen Antwort ins Italienische.
Der Papst: – Wie geht's und steht's in Ihrem Lande, Unserem geliebten Irland?
Collopy: – Nur so so, Eure Heiligkeit. Die Briten sind immer noch da.
Der Papst: – Und geht es dem Lande nicht gut?
Collopy: – Nein, ich glaube nicht, Eure Heiligkeit, denn es gibt viele Arbeitslose in Dublin.

Der Papst: – Oh, das macht Unserem Herzen Kummer.
Pater Fahrt (auf italienisch): – Sanctissime Pater, einige Iren neigen ein bißchen zur Indolenz, ihr Glaube aber ist vielleicht der stärkste in der ganzen Christenheit. Ich bin ein Deutscher und habe nichts dergleichen in Deutschland je gesehen. Es ist erhebend.
Der Papst: – Irland war Unserem Herzen immer teuer. Es ist ein gesegnetes Land. Überall sind seine Missionare.
(Nach einer kurzen, beiläufigen Unterhaltung sagte Mr. Collopy ziemlich leise etwas, das ich nicht verstand. Monsignore Cahill übersetzte es sofort. Der Papst schien zusammenzuzucken. Danach murmelte Collopy eine längere Ansprache vor sich hin, die auch rasch übersetzt wurde. Ich stehe tief in Monsignore Cahills Schuld, weil er mir die Antworten und Bemerkungen des Papstes in Latein und Italienisch abgeschrieben hat, und auch die Übersetzung stammt weitgehend von ihm.)
Der Papst: – Che cosa sta discendo questo poveretto?
Was versucht dieser arme Sohn mir da zu sagen?
Dann sprach Monsignore Cahill.
Der Papst: – E tocco? Non numquam urbis nostrae visitentium capitibus affert vaporem. Dei praesidium huius infantis amantissimi invocare velimus.
Ist dieser Sohn noch bei Sinnen? Die Hitze in Unserer Stadt verursacht manchmal, daß sich Dämpfe in den Köpfen bilden. Wir flehen Gott um Hilfe an für diesen geliebten Sohn.
Dann sprach wieder Collopy.
Es sprach danach Monsignore Cahill.
Der Papst: – Ho paura che abbiate fatto un errore,

Eminenza, nel potar qui questo pio uomo. Mi sembra che sia un po'tocco. Forse gli manca una rotella. Ha sbagliato indirizzo? Non siamo medici che curano il corpo.
Lieber Kardinal, ich fürchte, es war ein Fehler von Ihnen, diesen frommen Mann zu Uns zu bringen. Ich fürchte, der Herr hat ihn gezeichnet. Wir glauben nicht, daß er in seinem Kopf richtig ist. Könnte es nicht sein, daß er an der falschen Adresse ist? Wir sind nicht ein Arzt für den Körper.
Es sprach Pater Fahrt.
Der Papst: – Ma questo è semplicemente mostruoso. Neque hoc nostrum officium cum concilii urbani officio est confundendum.
Aber das ist ungeheuerlich. Man sollte Unser Studierzimmer nicht mit dem Büro einer Stadtverwaltung verwechseln.
Es sprach Kardinal Baldini.
Der Papst: – Nobis presentibus istud dici indignum est. Num consilium istud inusitatum rationis legibus continetur? Nunquam nos eiusmodi quicquam audivimus.
Das ist eine Herabsetzung Unserer Person. Liegt ein solch unerhörter Vorschlag noch innerhalb der Grenzen der Vernunft? Etwas Derartiges ist Uns noch nicht zu Ohren gekommen.
Collopy murmelte etwas.
Es sprach Monsignore Cahill.
Der Papst: – Graviter commovemur ista tam mira observatione ut de tanta re sententiam dicamus. Intra hos parietes dici dedecet. Hic enim est locus sacer.
Wir sind aufs tiefste beunruhigt über das befremdende Ersuchen an Uns, in einer solchen Angelegenheit zu intervenieren. Es ist ungehörig, einen solchen Gegen-

stand innerhalb dieser Mauern zu erwähnen. Dies ist ein geheiligter Ort.
Kardinal Baldini sagte etwas auf italienisch.
Der Papst: – Non possiamo accettare scuse e pretesti. Il Reverendo Fahrt ha sbagliato. Ci da grande dolore.
Wir können Erläuterungen und Entschuldigungen nicht annehmen. Pater Fahrt hat schwer gefehlt. Er erfüllt uns mit Kummer.
Pater Fahrt sagte etwas auf italienisch.
Der Papst: – Non possiamo accettare ciò. Sembra ci ciaun silassamento nella disciplina nella Societâ die Gesù in Irlanda. Se il Padre Provinciale noa agisce, dovremo noi stessi far tacere il Reverendo Fahrt.
Wir können das alles nicht billigen. In der Gesellschaft Jesu in Irland scheint die Disziplin nachzulassen. Und wenn der Pater Provinzial in Irland nicht etwas unternimmt, werden Wir selbst Pater Fahrt Redeverbot erteilen.
Collopy murmelte etwas vor sich hin.
Es sprach Monsignore Cahill.
Kardinal Baldini sagte etwas auf italienisch.
Der Papst: – È inutile perlame. Quest' uomo soffre di allucinacionie die ossessioni, e è stato condotto su questa via del Reverendo Fahrt. Come abbiarno giâ detto, tutto questo ci rattrista profondamente, Cardinale.
Nein, es ist sinnlos, darüber zu reden. Dieser Mann leidet ernsthaft unter Zwangsvorstellungen und fixen Ideen, und er wird in seiner Verirrung von Pater Fahrt bestärkt. Wie Wir schon sagten, Kardinal, das erfüllt unser Herz mit Sorge.
Es sprach Kardinal Baldini.
Der Papst: – Homo miserrimus in valetudinario a medico curandus est.

Dieser arme Mann bedarf der ärztlichen Betreuung in einem Hospital.
Wieder sprach Kardinal Baldini.
Der Papst: – Bona mulier fons gratiae. Attamen ipsae in parvularum rerum suarum occupationibus verrentur. Nos de tantulis rebus consulere non decret.
Ein gutes Weib ist eine Quelle der Gnade. Aber die Frauen sollten sich um ihre kleinen persönlichen Angelegenheiten selbst kümmern. Es gehört sich nicht, in solchen Angelegenheiten Uns um Rat zu fragen.
Und wieder einmal sprach Kardinal Baldini italienisch.
Der Papst: – Forsitan poena leviora ille Reverendus Fahrt adduci possit ut et sui sit memor et quae sacerdotis sint partes intellegere.
Vielleicht wird eine mildere Strafe Pater Fahrt wieder zur Besinnung bringen und ihn veranlassen, sich um seine wahren heiligen Pflichten zu kümmern.
Dann stand der Papst auf, und alle Teilnehmer der Audienz standen ebenfalls auf.
Der Papst: – Nobis nunc abeundum esse videtur. Illud modo ex liberis meis quaero ut de iis cogiteat quae exposui.
Ich denke, Wir sollten Uns jetzt zurückziehen. Ich bitte meine Söhne, über die Gedanken zu meditieren, die Wir geäußert haben.
Dann machte der Heilige Vater das Zeichen des Kreuzes und verschwand in einer Tür hinter dem Schreibtisch.
Schweigend gingen wir hintereinander ins Vorzimmer hinaus, Kardinal Baldini mit Pater Fahrt vorneweg, beide leise miteinander sprechend. Zu diesem Zeitpunkt hatte ich natürlich noch keine Vorstellung, worum es

sich bei der Audienz gehandelt hatte oder was der Papst auf lateinisch oder italienisch gesagt hatte. Erst am Tage darauf, als ich mit Monsignore Cahill sprach, bekam ich die Informationen, die ich hier mitteile. Ich fragte ihn, worum es denn bei Mr. Collopys Vorstellungen gegangen sei. Er sagte, er habe sein Ehrenwort dafür verbürgt, diese niemandem zu enthüllen. Ich ging neben Mr. Collopy durch die Korridore des Vatikans, und wir kamen nur langsam und mühsam voran. Kein Wunder hatte ihn von seinem fabelhaften Gewicht befreit. Ich nehme an, es lag noch vor uns.«

XX

Eines Morgens lag ich im Bett, hatte schon beschlossen, an diesem Tag nicht zur Schule zu gehen und dachte daran, vielleicht nie mehr hinzugehen. Dem letzten, recht ungewöhnlichen Brief meines Bruders über den Heiligen Vater und Pater Fahrt hatte ein Scheck über fünfundzwanzig Pfund beigelegen. Ich hatte Annie schon beigebracht, mir etwas zum Frühstück ans Bett zu bringen, ich lag da entspannt, rauchte und dachte nach. Auf dem Treidelpfad am Kanal hörte ich, wie die Männer Pferde anfeuerten, die einen Lastkahn zogen. Es war überraschend, wie schnell sich das Leben änderte. Meines Bruders Legat von 5000 Pfund war schon ein Wunder, ein zweites Wunder seine Tat, in London eine neue Art Universität zu gründen. Dann gelangten die drei auch noch regelrecht in den Vatikan hinein und stritten mit dem Heiligen Vater höchstpersönlich. Es würde mich nicht überrascht haben, wenn sich herausstellte, daß mein Bruder zum Gouverneur von Rom ernannt worden oder mit dem Kardinalspurpur nach Hause gekommen wäre; ich wußte, daß es in früheren Zeiten durchaus nicht ungewöhnlich gewesen war, daß Päpste richtige Kinder zu Kardinälen ernannten. Ich überlegte, ob ich nicht zu meinem Bruder nach London gehen sollte. Selbst wenn sein Geschäft mir nicht lag, wahrscheinlich gab es dort viele andere Möglichkeiten. Plötzlich kam Annie ins Zimmer und überreichte mir einen orangefarbenen Umschlag. Es war ein Telegramm: COLLOPY TOT BEERDIGUNG MORGEN HIER IN ROM BRIEF FOLGT.

Ich fiel fast aus dem Bett. Annie stand da und starrte mich an.

– Es scheint, daß sie auf dem Heimweg sind? fragte sie.

– Hm, ja, stammelte ich. Wahrscheinlich kommen sie auf dem kürzeren Weg, direkt über London. Der Bruder hat Geschäfte da, weißt du.

– Haben die 's nicht gut, sagte sie, herumzureisen und sich zu vergnügen?

– Es kann sehr ermüdend sein.

– Ach, aber mit all dem Geld. Haben sie's nicht gut?

Sie ging weg, und ich lag da, ganz untröstlich – ich, der ich über die Plötzlichkeit, mit der sich das Leben ändert, nachgedacht hatte. Ich hatte Annie automatisch angelogen und war mir nicht klar darüber gewesen, daß der Tote ihr Vater war. Ich zündete mir noch eine Zigarette an und machte mir klar, daß ich nicht wußte, was zu tun war. Was *konnte* ich tun?

Nach einer Weile stand ich auf und hing untröstlich im Hause herum. Annie war ausgegangen, wahrscheinlich, um einzukaufen. Ich wußte nicht im geringsten, wie ich

Annie die Nachricht mitteilen sollte. Wie würde sie es aufnehmen? Diese Frage zu beantworten, traute ich mir nicht zu. Ich dachte, ein paar Flaschen guten Stouts würden mir nicht schaden. Ich war gerade dabei, meinen Mantel anzuziehen, als ich innehielt, das Telegramm aus der Tasche zog und es anstarrte. Dann tat ich etwas wahrscheinlich sehr Feiges. Ich legte es auf den Küchentisch und verließ rasch das Haus. Ich überquerte den Kanal auf der Baggot-Street-Brücke, saß bald darauf in einer Kneipe und hatte meine Flasche Stout vor mir stehen.

Ich war noch nicht wirklich ein gewohnheitsmäßiger Trinker, aber dieses Mal saß ich viele, viele Stunden lang da und versuchte verzweifelt, zu einem klaren Entschluß zu kommen. Ich hatte nicht viel Erfolg damit. Als ich wegging, war es fast drei Uhr, ich hatte sechs Flaschen Stout unterm Arm und stolperte nach Hause.

Es war niemand da. Das Telegramm war weg, an seiner Stelle lag ein Zettel mit den Worten: ES STEHT ETWAS IM OFEN. Ich fand ein Lammkotelett und einiges mehr und fing an zu essen. Annie hatte ihre eigenen Freunde, zu denen sie wahrscheinlich gegangen war. Das war vielleicht das beste. Ich fühlte mich ungeheuer schwer und schläfrig. Ich sammelte vorsichtig meine Stoutflaschen wieder ein, nahm ein Glas und einen Korkenzieher, ging hinauf und fiel bald darauf der Länge nach aufs Bett und in einen tiefen, schweren Schlaf. Als ich wach wurde, war es früher Morgen. Ich öffnete eine Flasche Stout und steckte mir eine Zigarette an. Allmählich fiel mir alles, was am Tage davor geschehen war, wieder ein.

Als Annie mit dem Frühstück erschien (auf das ich wenig Appetit verspürte) hatte sie rotgeweinte Augen. Sie hatte lange geweint, war aber gefaßt und ruhig.
– Es tut mir sehr leid, Annie, sagte ich.
– Warum haben sie ihn nicht nach Hause gebracht und ihn hier bei meiner Mutter beerdigt?
– Ich weiß nicht. Ich warte noch auf den Brief.
– An mich haben sie überhaupt nicht gedacht.
– Ich bin sicher, sie haben das Bestmögliche getan, was sie unter diesen Umständen tun konnten.
– Es scheint so.
Die nächsten drei oder vier Tage waren sehr trübe. Im Hause herrschte fast vollkommene Stille. Keinem von uns fiel irgend etwas ein, das er hätte sagen können. Ich ging manchmal aus, trank Stout, aber nicht viel. Schließlich kam ein Brief von meinem Bruder. Folgendes hatte er mir mitzuteilen:
»Mein Telegramm muß Dir einen netten Schrecken eingejagt haben, ganz zu schweigen von Annie. Ich will Dir erzählen, wie es passiert ist.
Nach der Szene im Vatikan waren Pater Fahrt und Collopy sehr niedergeschlagen, besonders aber Collopy. Ich war ganz damit beschäftigt, an meine Rückreise nach London und meine Geschäfte dort zu denken. Pater Fahrt dachte, eine kleine Zerstreuung, eine Aufheiterung sei jetzt notwendig, und bestellte zwei Karten für ein Violinkonzert, das in einem Saal in der Nähe des Hotels stattfinden sollte. Dummerweise bestellte er die teuersten Plätze, ohne sich vorher zu vergewissern, ob sie nicht oben in der Galerie lägen. Sie lagen oben, und man mußte eine enge hölzerne Treppe hinaufsteigen. Das Konzert fand am Nachmittag statt. Halbwegs die

erste Treppe hinauf war ein kleines Podest. Mit Hilfe des Treppengeländers und seines Stocks quälte Collopy sich mühsam hinauf, Pater Fahrt hinter ihm, um ihn, falls er Übergewicht bekäme und rücklings fiele, festzuhalten. Als Collopy das Podest erreicht hatte und mitten drauftrat, gabs einen knackenden, splitternden Krach, der Boden gab nach, und Collopy verschwand mit einem schrecklichen Schrei in der gähnenden Höhle. Es folgte, als er unten auf den Boden fiel, das Geräusch eines fürchterlichen Aufschlags, und noch mehr zersplitterte. Der arme Pater Fahrt war vollkommen außer sich, rannte hinunter, machte dem Pförtner Beine, holte den Direktor und andere und ließ mir ins Hotel Nachricht bringen.

Als ich dort ankam, fand ich eine groteske Szenerie vor. Offensichtlich war der Raum unter dem Podest unzugänglich, zwei Zimmerleute mit Hacken, Sägen und Stecheisen waren gerade dabei, im Aufgang vorsichtig das ganze Holzwerk unterhalb des Podestes abzubrechen. Auf einer der Stufen stand ungefähr ein Dutzend brennender Kerzen, die auf gespenstische Weise den zitternden Pater Fahrt, zwei Gendarmen, einen Mann mit einer Tasche, der offenbar ein Arzt war, und eine Menge verschiedenster Typen beleuchteten, viele davon waren nur Neugierige, die da gar nichts zu suchen hatten.

Die Zimmerleute brachen schließlich durch und rissen ein paar Bretter weg, da erschienen Krankenträger mit einer Bahre. Der Arzt und Pater Fahrt zwängten sich zu der Öffnung durch. Collopy lag offenbar auf dem Rükken, mit zersplittertem Holz und Mörtel bedeckt, ein Bein geknickt unter seinem Körper, und aus einem Ohr floß Blut. Er war nicht ganz bei Bewußtsein und stöhnte erbarmungswürdig. Der Arzt gab ihm einige massive Injektionen, dann kniete sich Pater Fahrt neben ihn, und ein heiseres, manchmal unterbrochenes Flüstern ließ uns ahnen, daß er Beichte hörte. Und dann gab Pater Fahrt unter dieser zerschmetterten Treppe eines billigen römischen Konzertsaals Collopy die letzte Ölung.

Es machte den Krankenträgern ziemliche Mühe, den Unglücklichen auf die Bahre zu bekommen, nachdem der Arzt ihm eine zweite Injektion gegeben hatte. Sie mußten zwei Zuschauer um Hilfe bitten. Keiner konnte begreifen, wie unglaublich schwer er war. (Übrigens: Ich habe das Etikett auf der Flasche mit SCHWEREM WASSER gewechselt, um jede Überdosierung strikt zu vermeiden.) Es dauerte zwanzig Minuten, bevor sie Collopy, der jetzt ganz bewußtlos war, unter der Treppe heraus hatten. Vier Mann mußten die Bahre tragen. Er wurde ins Hospital gebracht.

In düsterer Stimmung gingen Pater Fahrt und ich ins Hotel zurück. Er sagte, er sei sicher, daß Collopy den Sturz nicht überleben werde. Nach ungefähr einer Stunde wurde er vom Hospital angerufen. Ein Arzt sagte ihm, Collopy sei schon bei der Einlieferung tot gewesen, an den vielen Verletzungen gestorben. Er, der Arzt, müsse uns dringend sprechen und würde gegen sechs im Hotel sein.

Als er kam, hatten er und Pater Fahrt eine lange Unterhaltung auf italienisch, von der ich, wie ich kaum zu betonen brauche, kaum ein Wort verstand.

Als der Arzt gegangen war, teilte Pater Fahrt mir die Einzelheiten mit. Collopy hatte einen Schädelbruch, einen Arm und ein Bein gebrochen und schwere Verletzungen in der Magengegend. Und selbst wenn keine dieser Verletzungen im einzelnen bedenklich gewesen wäre, ein Mann von Collopys Alter hätte den Schock eines solchen Unfalls nicht überleben können. Was aber den Arzt und seine Kollegen vollkommen entsetzt hatte, war das fast momentane Einsetzen der Verwesung und deren rapides Fortschreiten. Das Hospital hatte sich mit den Gesundheitsbehörden der Stadt in Verbindung gesetzt, die irgendeine unbekannte ausländische Krankheit vermuteten und angeordnet hatten, daß der Leichnam am nächsten Morgen schon beerdigt werden müsse. Das Hospital hatte schon ein Beerdigungsunternehmen beauftragt, am nächsten Morgen um zehn zur Stelle zu sein, und auf unsere Kosten war auf dem Friedhof Campo Verano schon ein Grab bestellt.

Mich interessierte die Erwähnung des vorzeitigen und rapiden Einsetzens der Verwesung. Ich bin nicht sicher, möchte aber doch annehmen, es war wieder das Schwere Wasser. Natürlich sagte ich nichts.

Wir waren rechtzeitig im Hospital. Collopy war schon eingesargt, ein Leichenwagen mit Pferden und eine einsame Kutsche warteten auf uns. Ich ging zum Direktor und gab ihm einen Scheck zur Deckung der Unkosten. Dann fuhren wir zur Kirche San Lorenzo fuori le Mura, die neben dem Friedhof liegt, und Pater Fahrt las die Totenmesse. Das Begräbnis war dann eine wirklich rasche Angelegenheit, denn ich und der arme Priester waren die einzigen Leidtragenden, und er war's, der am Grabe die Begräbnisgebete sprach.

Schweigend fuhren wir in der Kutsche zum Hotel zurück. Pater Fahrt hatte mir gesagt, Collopy habe ein

Testament hinterlassen, es befinde sich in der Obhut der Notare Sproule, Higgins und Fogarty in Dublin. In der Kutsche noch entschloß ich mich, sofort nach Dublin zu fahren, dann erst nach London. Ich gab Pater Fahrt etwas Geld und überließ ihn sich selbst. Ich werde wahrscheinlich bald nach dem Brief eintreffen.«
Nun, das war das letzte der Kommuniqués, die mein Bruder vom Kontinent schickte. Und zwei Tage später sah ich ihn persönlich.

XXI

Unerwartet tauchte mein Bruder gegen halb vier Uhr nachmittags auf. Gott sei Dank war Annie nicht da. Er warf seinen Mantel und seinen Hut auf den Küchentisch, nickte leutselig und setzte sich am Herd mir gegenüber hin, in Mr. Collopys wackeligen alten Sessel.
– Nun, sagte er munter, und wie geht's uns?
Er war sehr gut angezogen, aber ich vermute, halb betrunken.
– Es geht uns ziemlich so-so, sagte ich, aber diese Geschichte in Rom ist mir an die Nerven gegangen. Du selbst scheinst es ja ganz gut zu tragen?
– Oh, sagte er und spitzte den Mund ein wenig, diese Dinge muß man hinnehmen. Uns wird auch keiner nachtrauern, wenn wir auf die weite Reise gehen, wir wollen uns darüber nichts vormachen.
– Ich mochte den armen alten Mann. Er war nicht der Schlimmste.
– Natürlich nicht. Und er starb auf eine sehr glückliche Weise. Genau gesagt, war es lächerlich. Aber anderer-

seits, welchen besseren Ort zum Sterben könnte ein Mann finden als Rom, die Ewige Stadt, direkt neben Sankt Peter.
– Ja, sagte ich trocken. In beiden Fällen spielte Holz eine Rolle. Der heilige Peter wurde gekreuzigt.
– Ja, das ist nur zu wahr. Ich habe mich oft gefragt, wie Kreuzigungen eigentlich praktisch vor sich gingen. Haben sie den Mann gekreuzigt, während das Kreuz auf dem Boden lag, und es dann hochgezogen?
– Ich weiß nicht, aber ich nehme es an.
– Mensch, meine Fresse, das wäre eine Arbeit, Collopy hochzuziehen. Ich bin überzeugt, er wog zuletzt mindestens seine viereinhalb Zentner, und er hatte nicht annähernd deine oder meine Größe.
– Fühlst du keine Gewissensbisse wegen deines Schweren Wassers?
– Keine Spur. Ich glaube, sein Stoffwechsel hat einfach nicht mehr funktioniert. Und jeder, der eine patentierte Medizin einnimmt, geht ein gewisses Risiko ein.
– War Mr. Collopy der erste, an dem das Schwere Wasser ausprobiert wurde?
– Das müßte ich nachsehen. Bitte, hol zwei Gläser und ein bißchen Wasser. Ich möchte etwas trinken, bevor wir weggehen.
Er forderte eine Viertelliterflasche zutage, die noch zu einem Drittel voll war. Ich holte Gläser, er teilte den Whiskey, und da saßen wir also tatsächlich, mit den Gläsern auf dem Herd, einander gegenüber, als wären wir Mr. Collopy und Pater Fahrt. Ich fragte ihn, wie es Pater Fahrt ginge.
– Er ist natürlich noch in Rom. Er ist in einem ziemlich morbiden Zustand, gibt sich aber viel Mühe, eine Art

fromme Ergebenheit zu finden. Ich glaube, die Drohungen des Papstes hat er vergessen. Ich bin überzeugt, das war sowieso nicht ernst. Und wie geht's unserer Freundin Annie?
– Sie scheint auch ergeben. Ich habe ihr erzählt, was du mir über die Notwendigkeit geschrieben hast, ihn rasch zu beerdigen. Es sah so aus, als leuchte es ihr ein. Von dem Schweren Wasser habe ich natürlich nichts gesagt.
– Das war auch gut. Also, denn Prost.
– Prost.
– Ich habe diese Notare angerufen, Sproule, Higgins und Fogarty, und mit ihnen eine Verabredung für halb fünf heute nachmittag getroffen. Wir gehen jetzt besser los und trinken vorher noch was.
– Gut.
Wir fuhren mit der Bahn zum Merrion Square und gingen am Lincoln Place in eine Kneipe.
– Zwei Doppelte, bestellte mein Bruder.
– Nein, widersprach ich, für mich eine Flasche Stout.
Er sah mich an, als traue er seinen Ohren nicht, und bestellte zögernd das Stout.
– In unserer Branche, sagte er, macht's keinen guten Eindruck, wenn man Stout oder irgend etwas Ähnliches trinkt. Die Leute würden einen für einen Kutscher halten.
– Das kann ich ja noch werden.
– Oh, da ist noch was, was ich dir erzählen muß. Am Abend vor der Beerdigung habe ich mich mit einem dieser Burschen in Verbindung gesetzt, die Grabdenkmäler bildhauern, und ich habe eine einfache Grabplatte bestellt, die am folgenden Abend fertig sein sollte. Ich

hab ganz hübsch dafür bezahlen müssen, und sie war wirklich fertig. Sie wurde am Morgen nach der Beerdigung schon aufgestellt, und ich habe die Inschrift im voraus bezahlt; die Platte wird angebracht, sobald das Grab sich gesetzt hat.
– Du denkst aber auch wirklich an alles, sagte ich halbwegs bewundernd.
– Natürlich mußte ich daran denken. Vielleicht komme ich nie mehr nach Rom.
– Nun, es. . .
– Ich denke, du bist doch ein bißchen ein Literat.
– Denkst du dabei an den Preis, den ich für meinen Aufsatz über Newman gewann?
– Ja, das und noch mehr. Du weißt doch, wer Keats ist?
– Natürlich. *Ode an eine griechische Vase. Ode an den Herbst.*
– Genau. Weißt du auch, wo er gestorben ist?
– Nein. Ich nehme an, in seinem Bett.
– Er ist wie Collopy in Rom gestorben. Ich habe sein Grab besichtigt. Los, Mick, gib uns noch einen und eine Flasche Stout. Sein Grab ist sehr schön und gut gehalten.
– Das ist sehr interessant.
– Er hat sich seinen Grabspruch selbst geschrieben. Er hatte keine große Meinung von seinem Überleben als Dichter und schrieb sich auf den Grabstein etwas wie Hohn auf sich selbst. Natürlich, das mag nicht so ehrlich gemeint gewesen sein. Vielleicht wollte er ein bißchen gelobt werden.
– Und wie heißt der Spruch?
– Er schrieb: Hier liegt einer, dessen Name auf Wasser geschrieben ist. Sehr poetisch, was?

– Ja, jetzt fällt es mir wieder ein.
– Warte erst, bis ich dir was zeige. Um Gottes willen, trink das jetzt aus! Ich habe, bevor ich wegfuhr, Collopys Grab fotografiert. Du wirst gleich sehen.
Er griff in seine Brusttasche, nahm seine Brieftasche heraus und entnahm ihr eine Fotografie. Stolz reichte er sie mir. Das Foto zeigte eine große einfache Grabsteinplatte, die folgende Inschrift trug:

†
COLLOPY
aus Dublin
1838–1910
Hier liegt einer, dessen Name
in Wasser geschrieben ist.
R.I.P.

– Ist das nicht gut, sagte er glucksend, ›in‹ Wasser statt ›auf‹ Wasser?
– Und wo ist sein Vorname? fragte ich.
– Verflucht, den hab ich nicht gewußt. Auch Pater Fahrt wußte ihn nicht.
– Und woher hast du sein Geburtsjahr?
– Nun, das ist mehr oder weniger geschätzt. Die Leute im Hospital sagten, er sei ein Mann von ungefähr zweiundsiebzig, das schrieb der Arzt auch auf die Sterbeurkunde, die ich in der Tasche habe. Ich habe also einfach subtrahiert. Nun, was hältst du von dem Grabstein?
– Jetzt bin ich an der Reihe mit den Getränken. Was möchtest du?
– Einen doppelten Whiskey.
Ich bestellte die Getränke.

– Ich finde, der Grabstein sieht sehr gut aus, sagte ich, und du hast große Voraussicht bewiesen, indem du ihn bestellt hast. Ich denke, du solltest Annie eine Reise zum Grab ihres Vaters stiften.
– Eine sehr gute Idee, sagte er. Ausgezeichnet.
– Wir machen jetzt besser Schluß hier, sonst kommen wir noch zu spät.
Ein bißchen nach halb fünf kamen wir im Büro von Sproule, Higgins und Fogarty an. Ein melancholischer männlicher Schreiber bat um unsere Namen und ging in ein Zimmer mit dem Schild MR. SPROULE. Dann winkte er uns herein. Mr. Sproule war ein altes kleines Kerlchen, zerknittert wie seine eigenen Pergamente, einer Dickens-Figur bemerkenswert ähnlich. Er erhob sich, stellte sich dabei auf ein hölzernes Podest, schüttelte uns die Hände und zeigte auf die Stühle.
– Ach, sagte er, war das nicht traurig mit dem armen Mr. Collopy?
– Sie haben meinen Brief aus Rom erhalten, Mr. Sproule? fragte mein Bruder.
– Ja, den habe ich erhalten. Wir haben sogar unseren eigenen Korrespondenten in Rom, die einzige Dubliner Firma, die dort einen hat. Wir haben viel mit den Ordenshäusern zu tun.
– Nun, sagte mein Bruder, wir hätten gern gewußt, was im Testament steht. Übrigens, hier ist die Sterbeurkunde.
– Die wird sehr nützlich sein, vielen Dank. Nun, hier habe ich das Testament. Ich bin sicher, es liegt Ihnen nicht daran, mit allen juristischen Finessen behelligt zu werden.
– Nein, Mr. Sproule, sagte ich ungeduldig.

– Gut, also den genauen Wert des Vermögens wissen wir noch nicht, weil es überwiegend aus Wertpapieren besteht. Ich werde den Willen des Erblassers also summarisch wiedergeben. Zunächst sind da einmal die Bargeldlegate. Das Haus am Warrington Place hinterläßt er seiner Tochter Annie, außerdem tausend Pfund in bar. Jedem seiner beiden Halbneffen – das betrifft Sie, meine Herren – hinterläßt er fünfhundert Pfund in bar, vorausgesetzt, daß Sie am Tage seines Todes mit ihm zusammen in seinem Hause wohnen.
– Großer Gott, rief mein Bruder, damit bin ich raus! Ich lebe ja schon seit Monaten nicht mehr hier.
– Das ist höchst beklagenswert, sagte Mr. Sproule.
– Und das passiert mir, der ich ihn gerade in Rom beerdigt, eine Grabplatte für ihn aufgestellt und alles aus meiner Tasche bezahlt habe.
Er blickte uns beide an, als könnte er's nicht fassen.
– Da kann man nichts machen, sagte ich streng. Was gibt es sonst noch, Mr. Sproule?
– Nachdem alles dies vollzogen sein wird, fuhr Mr. Sproule fort, müssen wir die Collopy-Stiftung gründen. Die Stiftung soll dreihundert Pfund jährlich an seine Tochter Annie für ihren Lebensunterhalt zahlen. Die Stiftung wird drei Lokale, die der Erblasser Ruheräume nennt, erbauen und unterhalten. Es wird je ein Ruheraum in Irishtown bei Sandymount, in Harold's Cross und in Phibsborough errichtet. Jeder wird an hervorragender Stelle über der Tür das Wort FRIEDEN tragen, und jeder wird unter dem Schutz eines Heiligen stehen – Sankt Patrick, Sankt Jerome und Sankt Ignatius. Jedes dieser Lokale wird auch eine Plakette tragen, etwa mit den Worten COLLOPY-STIFTUNG – Ruheraum zum heili-

gen Jerome. Sie werden festgestellt haben, daß diese Räume sehr gut verteilt sind, ich meine geographisch.
– Das sind sie wirklich, sagte ich. Und wer wird diese Gebäude entwerfen?
– Mein lieber Herr, Mr. Collopy hat an alles gedacht. Es ist schon alles geschehen. Von Architekten geprüfte Pläne sind bei mir hinterlegt.
– Nun, ist das alles? fragte mein Bruder.
– Im wesentlichen, ja. Es sind noch einige kleine Legate und noch eine Geldsumme für Meßstipendien zugunsten des ehrwürdigen Paters Kurt Fahrt S.J. Natürlich kann nichts ausbezahlt werden, bis das Testament rechtskräftig ist. Doch ich nehme an, das wird automatisch erfolgen.
– Sehr schön, sagte ich, mein Bruder lebt in London, aber ich bin noch hier. Unter der alten Adresse zu erreichen.
– Ausgezeichnet. Dann kann ich Ihnen ja schreiben.
Wir wandten uns zum Gehen, aber an der Tür drehte mein Bruder sich plötzlich um.
– Mr. Sproule, sagte mein Bruder, darf ich Sie etwas fragen?
– Fragen? Aber gewiß.
– Wie hieß Mr. Collopy mit Vornamen?
– Wie?
Mr. Sproule war offensichtlich schockiert.
– Ferdinand natürlich.
– Danke.
Als wir wieder auf der Straße waren, stellte ich fest, daß mein Bruder durchaus nicht so niedergeschlagen war, wie ich erwartet hatte.
– Ferdinand! Stell dir das vor! Was ich jetzt dringend

brauche, ist was zu trinken. Seitdem wir dieses Büro betreten haben, bin ich um fünfhundert Pfund ärmer.
– Gut, trinken wir einen auf mein größeres Glück.
– Schön. Ich muß mich nur in der Nähe des Zuges nach Kingstown halten, denn ich will noch heute abend mit dem Postboot weg. Mein Gepäck habe ich auf dem Weg hierher schon in London gelassen. Komm, die hier ist schon recht.
Er ging mir voran in die Kneipe in der Suffolk Street und erklärte sich zu meiner Überraschung bereit, an Stelle seiner Whiskeys halbe Liter zu trinken, im Hinblick auf die lange Nachtreise, die er vor sich hatte. Er war in wehmütiger, erinnerungsvoller Stimmung und sprach über vieles, was in unserem vergangenen Leben passiert war.
– Hast du dir schon Gedanken darüber gemacht, fragte er schließlich, was du jetzt tun willst?
– Nein, sagte ich, nur, daß ich mich entschlossen habe, die Schule dranzugeben.
– Gut, mein Junge.
– Was den Lebensunterhalt betrifft, so nehme ich an, daß ich mit fünfhundert Pfund mindestens zwei Jahre Zeit habe – wenn ich überhaupt so lange brauche.
– Willst du nicht bei der Universität in London mitmachen?
– Ja, ich hab schon dran gedacht. Aber ich habe die schreckliche Ahnung, daß heute oder morgen die Polizei sich um diese Institution kümmern wird.
– Unsinn.
– Ich weiß nicht. Ich habe den Eindruck, die Eisdecke ist ganz nett dünn, magst du auch noch so geschickt sein.

– Bis jetzt habe ich noch keinen falschen Schritt gemacht. Hast du mal dran gedacht, in dieses neue Geschäft mit Autos einzusteigen? Drüben ist das jetzt eine ganz große Sache.
– Nein, daran habe ich noch nicht gedacht. Dazu müßte ich Kapital haben, und übrigens verstehe ich nicht das geringste von Technik. Mögen diese verdammten Brüder in der Schule auch viel Gutes an mir getan haben, ich verstehe fast von nichts etwas.
– Nun, mit mir war's genauso. Die einzige Möglichkeit, was zu lernen: es sich selbst beizubringen.
– Ja, ich glaube auch.
– Eins möchte ich gern wissen, sagte mein Bruder nachdenklich. Wie ist Annie eigentlich, und wie kommst du mit ihr zurecht?
– Annie ist in Ordnung, sagte ich. Allmählich erholt sie sich von dieser schrecklichen Sache da in Rom. Ich glaube, sie ist dir sehr dankbar für das, was du getan hast, auch wenn sie nicht darüber spricht. Soll ich dir mal was sagen? Es wäre sehr nett, wenn du ihr hundert Pfund schenken würdest, um das Haus instand und alles am Laufen zu halten, solange das Testament noch nicht rechtskräftig ist.
– Ja, das ist eine gute Idee. Ich schicke ihr aus London einen Scheck und schreibe ihr einen netten Brief.
– Danke.
– Sag mal: Kümmert sie sich auch richtig um dich?
– Prima.
– Fressen, Wäsche, Socken und so weiter?
– Natürlich. Ich lebe wie ein Fürst. Frühstück wird ans Bett gebracht – was will man mehr.
– So ist es richtig. Himmel, die Uhr! Ich muß verdammt

aufpassen, wenn ich das Schiff noch bekommen will. Nun, ich bin sehr froh, daß Annie sich so gemacht hat. Sie ist ein gutherziges Mädchen.
– Aber was meinst du damit, sagte ich ziemlich verwirrt. Hat sie nicht ihr Leben lang einen ganzen Haushalt versorgt? Die arme Mrs. Crotty hat doch ihr Lebtag keinen Finger gerührt. Sie war fast dauernd krank, und – Gott gebe den Verstorbenen ihre Ruhe – Mr. Collopy gab allein schon genug zu tun, fragte immer, ob auch genug Stärke in seinem Essen sei, ganz gleich, was es war. Er war sogar mißtrauisch gegen das Wasser, das aus der Leitung kam.
– Na ja. Es ist immer das gleiche. Er hat seine Schuld gebüßt. Ich war froh, daß er Annie in seinem Testament so großzügig bedacht hat.
– Ich auch.
– Aber sicher. Komm, noch zwei Gläschen auf den Weg. Paddy, noch zwei!
– Sofort, Sir.
Er brachte die dunkelgelben Whiskeys und stellte sie vor uns hin.
– Weißt du, sagte mein Bruder, ein guterhaltenes Haus und dreihundert Pfund jährlich zum Leben, das ist nicht zu verachten.
Er goß sich vorsichtig etwas Wasser in seinen Whiskey.
– Und Annie ist ein fleißiges, gutgebautes, ruhiges Mädchen. So viele von der Sorte gibt es gar nicht. Und drüben in London findest du nicht viele von diesen anständigen Mädchen. Drüben sind sie fast alle Huren.
– Vielleicht kommst du nicht mit den richtigen Leuten zusammen!

– Oh, ich treffe genug, mach dir keine Gedanken. Anständige Menschen sind überall selten.
Ich grunzte zustimmend.
– Und anständige Menschen, die was an den Füßen haben, sind am allerseltensten.
– Anständige Menschen bekommen manchmal auch die richtige Dosis Schweres Wasser.
Er antwortete darauf nicht und nahm sein Glas in die Hand.
– Nach meiner Meinung, sagte er, hast du deine Schlacht schon halb gewonnen, wenn du dich entschließt, seßhaft zu werden. Sag mir nur noch eins: Bist du je scharf auf Annie gewesen?
– Was...?
Er hob sein Whiskeyglas an die Lippen und kippte es in einem einzigen großen Schluck hinunter. Dann klopfte er mir auf die Schulter.
– Denk mal darüber nach.
Als ich die Tür zuschlagen hörte, wußte ich, daß er weg war. Halb benommen hob ich mein eigenes Glas, und ohne zu wissen, was ich tat, tat ich genau, was mein Bruder gemacht hatte, ich kippte es mit einem Riesenschluck hinunter. Dann ging ich schnell zur Toilette, laufen aber tat ich nicht. Und dort kam alles, was ich in mir hatte, wie eine Flutwelle hoch, und ich erbrach mich.

James Joyce
Sein Werk im Suhrkamp Verlag

Werke. Frankfurter Ausgabe. Redaktion Klaus Reichert unter Mitwirkung von Fritz Senn. Sieben Bände in Kassette. Leinen und Leder

Band 1: Dubliner. Deutsch von Dieter E. Zimmer.

Band 2: Stephen der Held. Ein Porträt des Künstlers als junger Mann. Übersetzt von Klaus Reichert.

Band 3.1 und 3.2: Ulysses. 2 Bde. Aus dem Englischen von Hans Wollschläger.

Band 4.1: Kleine Schriften. Aufsätze, Theater, Prosa. Aus dem Englischen von Hiltrud Marschall und Klaus Reichert.

Band 4.2: Gesammelte Gedichte. Englisch und deutsch. Deutsch von Hans Wollschläger und Wolfgang Hildesheimer. Leder

Band 5: Briefe I. 1900-1916. Herausgegeben von Richard Ellmann. Übersetzt von Kurt Heinrich Hansen.

Band 6: Briefe II. 1917-1930. Herausgegeben von Richard Ellmann. Übersetzt von Kurt Heinrich Hansen.

Band 7: Briefe III. 1931-1941. Herausgegeben von Richard Ellmann. Übersetzt von Kurt Heinrich Hansen.

Werkausgabe in sechs Bänden. es 1434-1439

Band 1: Dubliner. Übersetzt von Dieter E. Zimmer. es 1434

Band 2: Stephen der Held. Ein Porträt des Künstlers als junger Mann. Übersetzt von Klaus Reichert. es 1435

Band 3: Ulysses. Aus dem Englischen von Hans Wollschläger. es 1100

Band 4: Kleine Schriften. Übersetzt von Hiltrud Marschall und Klaus Reichert. es 1437

Band 5: Gesammelte Gedichte. Anna Livia Plurabelle. Deutsch von Wolfgang Hildesheimer und Hans Wollschläger. es 1438

Band 6: Finnegans Wake. (Nur in Kassette lieferbar.) es 1439

Einzelausgaben

Anna Livia Plurabelle. Englisch und deutsch. Einführung von Klaus Reichert. Übertragen von Wolfgang Hildesheimer und Hans Wollschläger. BS 253

Anna Livia Plurabelle. Einführung von Klaus Reichert. Übertragen von Wolfgang Hildesheimer und Hans Wollschläger. st 751

Briefe. Ausgewählt aus der dreibändigen, von Richard Ellmann edierten Ausgabe von Rudolf Hartung. Deutsch von Kurt Heinrich Hansen. st 253

43/1/3.92

James Joyce
Sein Werk im Suhrkamp Verlag

Briefe an Nora. Herausgegeben und mit einem Vorwort versehen von Fritz Senn. Übersetzt von Kurt Heinrich Hansen. st 1931

Briefe an Sylvia Beach. Herausgegeben von Melissa Banta und Oscar A. Silverman. Aus dem Englischen von Claudia Bodmer und Michel Bodmer. Mit zahlreichen Abbildungen. Leinen

Dubliner. Deutsch von Dieter E. Zimmer. BS 418

Finnegans Wake. Deutsch. Herausgegeben von Klaus Reichert und Fritz Senn. es 1524

Giacomo Joyce. Herausgegeben von Richard Ellmann. Deutsch von Klaus Reichert. Ergänzungen zu den Anmerkungen von Fritz Senn. BS 240

Die Katze und der Teufel. Eine Geschichte von James Joyce. Deutsche Übertragung von Fritz Senn. Mit Bildern von Richard Erdoes. Vierfarbendruck. it 2024

Kritische Schriften. Aus dem Englischen von Hiltrud Marschall-Grimminger. BS 313

Penelope. Das letzte Kapitel des ›Ulysses‹. Englisch und deutsch. Übersetzt von Hans Wollschläger. es 1106

Ein Porträt des Künstlers als junger Mann. Übersetzt von Klaus Reichert. BS 350

Stephen der Held. Übersetzt von Klaus Reichert. BS 338

Die Toten. The Dead. Englisch und deutsch. Deutsche Übertragung von Dieter E. Zimmer. Mit Nachworten von Richard Ellmann und Eberhard Späth. BS 512

Ulysses. Aus dem Englischen von Hans Wollschläger. Sonderausgabe. Gebunden

Verbannte. Ein Stück in drei Akten. Mit den Bemerkungen des Autors. Aus dem Englischen von Klaus Reichert. BS 217

T. S. Eliots Joyce-Lesebuch. Mit einer Einleitung und einem biographischen Nachwort von T. S. Eliot. Aus dem Englischen von Wolfgang Hildesheimer, Dieter E. Zimmer, Klaus Reichert, Hans Wollschläger und Elisabeth Schnack. st 1398

Materialien

Joyces ›Dubliners‹. Herausgegeben von Klaus Reichert, Fritz Senn und Dieter E. Zimmer. stm. st 2052

Materialien zu James Joyces ›Ein Porträt des Künstlers als junger Mann‹. Herausgegeben von Klaus Reichert und Fritz Senn. Übersetzt von Kurt Heinrich Hansen, Bernd Hoffmann, Hiltrud Marschall, Detlef Palluch, Claus Pawelka, Klaus Reichert, Arno Schmidt. es 776

43/2/3.92

James Joyce
Sein Werk im Suhrkamp Verlag

James Joyces ›Ulysses‹. Neuere deutsche Aufsätze. Herausgegeben von Therese Fischer-Seidel. es 826

Das Dubliner Tagebuch des Stanislaus Joyce. Herausgegeben von George Harris Healy. Deutsch von Arno Schmidt. st 1046

Literatur zu Joyce

Hermann Broch: James Joyce und die Gegenwart. Essay. BS 306

Frank Budgen: James Joyce und die Entstehung des ›Ulysses‹. Aus dem Englischen von Werner Morlang. Leinen

Richard Ellmann: Odysseus in Dublin. Aus dem Englischen von Claudia Dörmann. Gebunden

Gisèle Freund: Drei Tage mit James Joyce. Fotografiert von Gisèle Freund. Mit einem Vorwort von Philippe Sollers. Aus dem Französischen von Franz-Heinrich Hackel. st 929

Stuart Gilbert: Das Rätsel Ulysses. Eine Studie. Ins Deutsche übertragen von Georg Goyert. st 367

Stanislaus Joyce: Das Dubliner Tagebuch des Stanislaus Joyce. Herausgegeben von George Harris Healy. Deutsch von Arno Schmidt. st 1046

Hugh Kenner: Ulysses. Aus dem Englischen von Claus Melchior und Harald Beck. es 1104

Harry Levin: James Joyce. Eine kritische Einführung. Aus dem Englischen von Hiltrud Marschall-Grimminger. BS 459

Jean-Jacques Mayoux: Joyce. Aus dem Französischen von Rudolf Wittkopf. BS 205

Arthur Power: Gespräche mit James Joyce. Eingeführt und herausgegeben von Clive Hart. Aus dem Englischen von Werner Morlang. Gebunden

Klaus Reichert: Vielfacher Schriftsinn. Zu »Finnegans Wake«. es 1525

43/3/3.92